엑스터시

엑스터시

초판 1쇄 펴냄　　2025년 3월 1일

지은이　　이희준
발행인　　박민홍
책임편집　　허문원
디자인　　최계은
인쇄　　디앤와이 프린팅
발행처　　그래비티북스
등록　　2017년 10월 31일 (제2017－000220호)
주소　　13595 경기도 성남시 분당구 황새울로200번길 36
　　　　　(수내동, 동부루트빌딩 711호)
전화　　031－711－4501
팩스　　070－4170－4608
전자우편　　say2@cremuge.com
ISBN　　979-11-89852-32-0　03810

그래비티북스 _ 주식회사 무게중심의 출판 전문 브랜드입니다.

* 본 저작물에 사용한 서체는 경기도청에서 2017년 작성하여 공공누리 제1유형으로 개방한 '경기천년바탕체'를 이용하였으며, 해당 저작물은 경기도청 홈페이지에서 무료로 다운받으실 수 있습니다.

이희준 역사 판타지

엑스터시

GRAVITY BOOKS

차
례

1. 귀신 섬에서 보낸 여름 방학 7

1부

2. 용 사냥꾼 30   3. 독립군 39   4. 도련님 42
5. 앞잡이 56   6. 마법사들 61   7. 원정대 69
8. 가족 78   9. 아낙 80   10. 쓰레기 82

2부

11. 용 사냥꾼 90   12. 독립군 95   13. 도련님 99
14. 앞잡이 109   15. 마법사들 117   16. 원정대 124
17. 가족 128   18. 아낙 132   19. 쓰레기 138

3부

20. 용 사냥꾼 146　21. 독립군 149　22. 도련님 153
23. 앞잡이 156　24. 마법사들 160　25. 원정대 164
26. 가족 167　27. 아낙 170　28. 쓰레기 174

4부

29. 용 사냥꾼 182　30. 독립군 185　31. 도련님 188
32. 앞잡이 190　33. 마법사들 194　34. 원정대 198
35. 가족 203　36. 아낙 206　37. 쓰레기 216

5부

38. 용 사냥꾼 222　39. 독립군 227　40. 도련님 232
41. 앞잡이 236　42. 마법사들 240　43. 원정대 245
44. 가족 247　45. 아낙 251　46. 쓰레기 258

---

47. 귀신 섬에서 보낸 여름 방학 267

1.

귀신 섬에서 보낸 여름 방학

배가 섬에 닿은 것은 해가 질 무렵이었다. 육지에서 섬까지 오래 걸리지는 않았지만 배가 늦은 오후에 출발했기 때문에 섬에 도착했을 때는 어느덧 바다 위로 노을이 지고 있었다.

아빠와 엄마는 배 안에서도 말이 없었다. 서준이도 부모님과 별말을 하지 않았다. 세 사람은 집에서도 대화를 하지 않은 지 오래되었고, 올해 아홉 살인 서준이는 이제 그 침묵에 익숙해지던 참이었다.

배가 해변에 닿자 아빠와 엄마는 짐을 끌고 배에서 내렸다. 두 사람을 따라 서준이도 배에서 내렸다. 그들이 내린 해변 앞에는 나무가 울창한 숲이 펼쳐져 있었다. 서준이는 어두운 숲속으로 들어가기가 무서웠지만 엄마랑 아빠는 별생각이 없어 보였다. 할 수 없이 서준이는 숲속으로 들어가는 부모님을 종종걸음으로 따라갔다.

해변에서 봤을 때는 제법 무성해 보이는 숲이었지만 숲속을 지나 좀 더 올라가자 이내 나무가 듬성듬성해졌다. 세 사람은 나무들 아래를 지나 작은 산 중턱에 있는 오두막으로 향했다.

멀리서부터 오두막 앞에서 한 노인이 장작을 패고 있는 게 보였다. 노인은 그들이 도착하자 도끼를 쥔 손을 멈췄다.

서준이는 허리 숙여 인사했다.

"할아버지, 안녕하세요."

할아버지의 얼굴에 언뜻 희미한 표정이 스쳐 지나갔다. 서준이는 그것이 자신을 환영하는 미소인지 아니면 심술궂은 웃음인지 알 수 없었다.

서준이의 생각이 끝나기도 전에 할아버지는 다시 장작을 패기 시작했다. 엄마가 마루 위에 짐을 올려놓았고, 아빠는 할아버지에게 무언가를 이야기했다. 할아버지는 아빠가 옆에서 말을 하는 동안 계속해서 장작을 팼다.

아빠와 엄마가 떠나기 전에 서준이에게 몇 가지 당부

의 말을 했지만, 서준이는 그들의 말을 대충 들으면서 고개를 끄덕였다. 두 사람은 어색한 미소와 함께 잘 지내라는 말을 남기고 다시 산을 내려갔다. 서준이는 마루에 앉아 엄마와 아빠가 숲속으로 사라지는 뒷모습을 지켜봤다. 그들이 완전히 사라진 뒤에도 서준이는 계속 그 방향을 보면서 앉아 있었다.

한동안 그렇게 앉아 있다가 정신을 차리고 보니 할아버지가 한 손에 도끼를 든 채 서준이를 쳐다보고 있었다. 장작을 다 팬 모양이었다.

"배고프냐?"

할아버지가 물었다. 서준이는 고개를 저었다.

그러자 할아버지는 말없이 도끼를 들고 가버렸다. 서준이는 그렇게 마당에 홀로 남겨졌다. 붉은 하늘은 점차 어둑해지고 있었다.

섬에서의 처음 며칠은 지루하기 짝이 없었다. 이곳에는 텔레비전도 없었고, 컴퓨터도 없었고, 장난감도 없었다. 심지어 전화기도 없었다. 전화기가 없다니! 서준이는 믿을 수가 없었다. 지금까지 전화가 없는 집은 상상해 본 적도 없었기 때문이다.

서준이는 처음 며칠 동안은 마루에 앉아서 멍하니 숲과 하늘을 쳐다보기만 했다. 그러다가 밤이 되면 할아버지가 해준 밥을 먹고 일찍 잠자리에 들었다. 가로등이 없는 섬은 금세 깜깜해졌다. 그리고 오두막 안에도 전등이 없었다. 어두울 때면 할아버지가 켜 놓은 촛불이 전부였다.

할아버지는 하루 종일 말을 하는 경우가 거의 없었다. 서준이가 보기에 할아버지의 입은 먹을 때를 제외하고는 열리지 않는 것 같았다. 아마 이 외딴섬에 혼자 살다 보면 그렇게 되나 보다, 하고 서준이는 생각했다.

섬에 온 지 나흘째 되던 날, 마루에 앉아 있던 서준이가 불쑥 말을 꺼냈다.

"엄마 아빠는 곧 이혼할 것 같아요."

마루에 앉아 바느질을 하던 할아버지는 대답이 없었다. 그저 말없이 옷을 기울 뿐이었다.

"제 생각에는 이혼하기 전에 마지막으로 여러 가지 일들을 마무리하려고 저를 방학 동안 여기에 데려다 놓은 것 같아요. 방학이 끝나기 전에 다시 온다고 했으니까, 아마 길어도 한 달 이상은 걸리지 않겠죠."

서준이는 할아버지를 힐긋 쳐다봤다. 할아버지는 여

전히 바느질에만 몰두하고 있을 뿐이었다.
 "할아버지는 이 섬에 왜 오신 거예요?"
 물어보면서도 할아버지의 대답을 기대하지 않았다. 하지만 할아버지는 짤막하게 대답했다.
 "그러게 말이다."
 무슨 그런 대답이 있담. 서준이는 할아버지도, 할아버지를 감싸고 있는 침묵도 점점 지겨워졌다.
 할아버지가 이 섬에 와서 살기 시작한 것은 서준이가 태어난 지 얼마 지나지 않아서였다. 그전까지 도시에 살던 할아버지는 어느 날 갑자기 이 섬으로 와서 오두막을 짓고 눌러앉았다. 아빠가 할아버지에게 도대체 왜 이런 외딴섬에 사느냐고, 다시 도시로 돌아가자고 말해도 요지부동이었다.
 서준이는 그전에도 할아버지와 몇 번 만난 적이 있었지만 너무 어렸을 때라서 기억이 나지 않았다. 그러니까 어찌 보면 지금이 할아버지와 같이 있는 최초의 시간인 셈이었다. 하지만 어린 서준이에게 할아버지와 함께 하는 시간은 지루하기 짝이 없었다.
 부모님은 이 섬의 이름을 '한적도'라고 했다. 하지만 서준이는 섬으로 오는 배 안에서 선원들이 이 섬을 '귀신 섬'이라고 부르는 것을 들었다. 처음에는 그 말을 듣고 무서웠지만, 섬에 도착하고 며칠이 지나자 차라리 귀신이라도 나왔으면 싶을 정도로 지루했다. 아마 이렇게 작고 지루한 섬에는 귀신도 심심해서 머물지 않을 것이라고 서준이는 생각했다.

"이 섬이 왜 귀신 섬이에요?"

서준이의 말에 바늘을 든 할아버지의 손이 멈췄다.

"다른 사람들이 그러던데 여기가 귀신 섬이라던데요."

할아버지의 손에 들린 바늘 끝이 잠시 허공을 헤맸다. 하지만 그것도 잠깐이었다. 이내 할아버지는 말없이 바느질을 계속했다. 서준이는 할아버지에게서 대답을 꺼내는 걸 포기하고 마루에서 일어났다.

"산책 좀 갔다 올게요."

"보리밭에는 가지 마라."

할아버지의 말에 서준이는 뒤를 돌아봤다.

"네?"

할아버지는 다시 말없이 바느질에 몰두하고 있었다. 서준이는 어깨를 으쓱하고 마당을 벗어났다.

서준이는 숲을 가로질러 해변으로 나가 섬을 한 바퀴 돌기로 했다. 작고 조용한 해변을 걸으면서 예쁜 조약돌이 보일 때마다 하나씩 주워서 주머니에 넣었다.
"어이! 애야!"
그때 누군가가 부르는 소리에 놀라 서준이는 뒤를 돌아봤다. 땅딸막하고 머리가 벗겨진 할아버지 한 명이 서준이에게 걸어오고 있었다. 처음 보는 노인이었다.
"애야, 넌 어디서 왔니?"
"서울이요."
"서울에서?"
노인의 얼굴에 호기심이 어렸다.
"여긴 어쩐 일로 온 거야? 너 혼자 왔니?"
"네."
"혼자 왔다고?"
"엄마 아빠랑 같이 오긴 했는데, 방학 동안 저 혼자 있기로 했어요. 아, 할아버지랑 같이요."
"할아버지라고?"
노인이 숲 쪽을 가리키며 물었다.
"저기 저 오두막에 사는 영감이 너희 할아버지야?"
"네."
그러자 노인의 얼굴에 환한 미소가 번졌다.
"그렇구나. 정말 반갑다."

노인이 손을 내밀어서 서준이는 그와 악수를 했다.

"저 노인네에게 손자가 있었다니, 신기하구먼."

노인이 중얼거렸다.

"우리 할아버지 친구세요?"

"그런 셈이지."

"할아버지도 이 섬에 사시는 거예요?"

"아니, 난 뭍에 사는데, 그냥 가끔 생각날 때마다 이 섬에 온단다. 와서 한 바퀴 돌아보기도 하고, 너희 할아버지가 잘 지내는지도 살펴보고. 이 섬이 경치가 좋잖아. 안 그러니?"

"음, 잘 모르겠어요."

서준이의 말에 노인은 작게 웃음을 터뜨렸다.

"하하, 애들 눈에는 경치 같은 건 잘 안 보이겠지. 아무튼 난 김영주라고 한단다. 다음에 보면 영주 할아버지라고 부르렴."

노인은 서준이의 머리를 쓰다듬은 뒤 해변에 묶어 놓은 작은 낚싯배를 향해 걸어갔다. 영주 할아버지는 배를 묶어 놓은 밧줄을 풀고 모터에 시동을 걸었다.

"할아버지랑 사이좋게 지내거라! 다음에 또 보자!"

영주 할아버지가 배 위에서 외쳤다. 서준이는 할아버

지에게 손을 흔들었다.

 다음 날부터 서준이는 섬 곳곳을 돌아다니기 시작했다. 할아버지는 서준이가 집 밖을 나가도 아무 말도 하지 않았다. 섬이 작았기 때문에 길을 잃을 위험은 별로 없었던 것이다. 그리고 서준이는 길을 잃더라도 다시 어렵지 않게 오두막으로 돌아올 자신이 있었다.
 영주 할아버지의 말대로 섬 안은 예쁜 경치로 가득했다. 처음 섬에 왔을 때는 울창해서 무섭게 보였던 숲도 몇 번 돌아다니다 보니 작고 고즈넉하게 느껴졌다. 또 섬의 중심으로 향하는 들판에는 예쁜 꽃들이 많이 피어 있었다.
 서준이는 할아버지에게 이 섬에 동물이 사냐고 물어봤지만 할아버지는 고개를 저을 뿐이었다. 서준이 역시 섬 안에서 나비나 거미보다 큰 동물은 보지 못했다. 그래도 섬 어딘가에 예쁜 사슴이나 토끼가 있지 않을까 기대하며 섬을 돌아다녔다.
 섬에 온 지도 어느덧 열흘째 되는 어느 날이었다. 점심을 먹고 숲속과 작은 산을 뛰어다니다 보니 오두막에서 멀리 떨어진 곳까지 와 버렸다. 어느새 하늘에는 노을이

지고 있었다. 서준이는 슬슬 배가 고파져서 집으로 돌아가야겠다고 생각했다.

그러다가 서준이는 문득 이곳에 한 번도 와 본 적이 없는 곳이라는 걸 깨달았다. 작은 섬 곳곳을 부지런히 돌아다녔지만 이 장소는 처음이었던 것이다.

그곳은 작은 보리밭이었다. 서준이는 보리밭을 가로지르면 그 너머에 뭐가 있을지 궁금해져서 보리밭 안으로 들어갔다.

노을이 지면서 보리밭 전체가 붉게 타오르는 듯했다. 서준이는 허리 높이까지 오는 보릿대를 젖히며 천천히 보리밭을 가로질러 걷다가 저 앞에 뭔가가 서 있는 걸 발견했다.

"저게 뭐지?"

그것은 검고 긴 막대기 같았다. 서준이는 그 막대기를 향해 걸어갔다.

가까이 가서야 서준이는 그것이 하얀 옷을 입은 사람이라는 것을 깨달았다. 그는 아주 키가 큰 사람이었는데, 하얀 소복 차림에 풀어 헤친 검은 머리가 아주 길어서 무릎까지 내려오고 있었다. 서준이는 그렇게 머리가 긴 사람을 처음 봤다.

"저기요!"

서준이가 외쳤다.

"누구세요?"

하지만 그 사람은 대답 없이 계속 가만히 서 있었다. 그가 전혀 움직이지 않아서 서준이는 기분이 좀 이상해졌다.

"허수아비인가?"

이 섬에 할아버지 말고 다른 사람은 살지 않았다. 적어도 서준이가 알기로는 그랬다. 저번에 만난 영주 할아버지가 가끔 이 섬에 놀러 온다고는 했지만, 영주 할아버지는 키가 작고 대머리였다.

허수아비인가 보다. 아마 할아버지가 만든 허수아비겠지. 서준이는 그렇게 생각하며 그것을 좀 더 자세히 보려고 그쪽으로 걸어갔다.

보리밭 안으로 들어갈수록 보릿대가 점점 울창해졌다. 허리에 닿던 보릿대는 어느새 서준이의 가슴에 닿았다. 서준이는 보릿대를 헤치며 허수아비 쪽으로 계속 걸어갔다.

그런데 허수아비까지 스무 걸음 정도 남겨 두고 다가갔을 때였다. 갑자기 허수아비가 몸을 움직였다. 서준이는 자신이 잘못 본 건가 싶어서 그 자리에 멈춰 섰다. 하지만 잘못 본 것이 아니었다. 서준이를 등지고 있던 허수아비가 천천히 뒤로 돌아섰다.

"아…… 사람이었구나."

긴 머리가 얼굴을 가리고 있어서 얼굴이 보이지 않았지만, 그 사람은 서준이를 똑바로 보고 있는 것 같았다. 서준이와 그 사람은 그렇게 선 채로 잠시 동안 서로를 쳐다봤다. 서준이는 마음이 조금씩 불편해졌다.

'정말 이상한 사람이다.'

그런데 그 때, 그 사람이 서준이에게 걸어오기 시작했다. 그는 천천히 걸어왔지만 키가 너무 커서 서준이에게 빠른 속도로 가까워졌다.

서준이는 갑자기 더럭 겁이 났다. 그래서 돌아서서 도망치기 시작했다.

하지만 그 이상한 사람이 걸어오는 속도가 너무 빨라서 서준이와 그 사람의 거리는 점점 가까워졌다. 서준이는 자기도 모르게 울음을 터뜨리며 뛰다가 그만 넘어지고 말았다.

"아야!"

넘어져서 뒤를 돌아보니 어느새 그 사람은 서준이의

코앞에 서 있었다. 하얀 소복을 입은 그 사람은 가까이에서 보니 그렇게 기이할 수가 없었다. 엄청나게 큰 키에 엄청나게 긴 머리. 서준이는 숨이 막혔다.

그 사람이 서준이에게 손을 뻗었다. 손가락이 기이할 정도로 길고 창백했다. 귀신의 손이었다.

서준이는 비명을 지르면서 벌떡 일어나 미친 듯이 뛰었다. 숨이 턱에 닿도록 달리다 보니 어느새 오두막에 도착했다. 서준이는 마루 위로 뛰어 올라가 엉엉 울었다.

문을 열고 방 안에서 할아버지가 나오며 물었다.

"무슨 일이냐?"

서준이는 대답 없이 울기만 했다. 할아버지는 서준이 옆에 앉아 서준이의 오른쪽 바지를 끌어 올렸다.

"왜 무릎에 상처가 났어?"

"넘어졌어요."

"어디에서?"

"저쪽……."

서준이는 보리밭 쪽을 가리켰다.

할아버지는 안으로 들어가서 약상자를 갖고 나왔다. 그리고 서준이의 무릎에 약을 발라 줬다.

"보리밭에서 이상한 사람을 봤어요. 하얀 옷을 입은,

키가 엄청 큰 사람이었는데, 머리카락이 엄청 길었어요."
서준이가 울먹이며 말했다.
"할아버지, 그거 귀신이에요?"
할아버지는 말없이 약을 발라 주기만 했다. 약을 다 바른 할아버지는 상자 안에 약을 집어 넣으며 말했다.
"보리밭에 가지 말라고 하지 않았느냐. 앞으로는 가지 말거라."
그리고 할아버지는 다시 방 안으로 들어가 버렸다. 서준이는 눈물을 훔치면서 잠시 앉아 있다가 해가 지고 어두워지자 무서워져서 할아버지를 따라 방 안으로 들어갔다.
저녁을 먹은 뒤 서준이는 할아버지에게 아까 본 그게 귀신이냐고 다시 물었지만 할아버지는 빨리 자라는 말만 했다. 서준이는 누워서도 잠이 오지 않았다. 귀신이 혹시 문밖에 있지 않을까 하는 생각이 들자 무서워서 이불 속으로 파고들었다.

보리밭을 다시 찾은 건 그로부터 사흘이 지난 후였다. 귀신이 꿈에 나타날 정도로 무서웠지만, 시간이 지날수록 궁금해서 견딜 수가 없었다. 그래서 서준이는 아침밥을 먹자마자 곧바로 보리밭으로 달려갔다.

언덕을 넘어 보리밭이 눈에 들어오자 다시 겁이 났다. 그래서 서준이는 보리밭 밖에 멀찌감치 서서 보리밭 안을 기웃거렸다.

하지만 보리밭에는 아무것도 없었다. 한참을 기다렸지만 마찬가지였다. 시간이 지날수록 두려움은 사라지고 점점 지루함이 길어졌다.

'귀신이 어딜 갔나?'

그런 생각을 하면서 풀밭 위에 앉아 있는데, 맞은편 숲속에서 누군가가 걸어 나오는 게 보였다. 할아버지였다. 할아버지는 양손에 뭔가를 든 채 걸어오고 있었다. 서준이는 재빨리 풀숲으로 몸을 숨겼다.

할아버지가 보리밭 안으로 들어가자 서준이는 언덕 위로 올라가서 그 모습을 지켜봤다. 할아버지는 보리밭 한가운데까지 들어가더니 손에 든 것을 땅에 내려놓았다.

멀어서 잘 보이지는 않았지만 아무래도 작은 상 같았다. 할아버지는 등에 메고 있던 보따리에서 이것저것을 꺼내 상 위에 올려놓았다. 그러고는 한동안 그 자리에 앉아서 생각에 잠긴 듯한 모습이었다.

그리고 잠시 후, 숲속에서 하얗고 키가 큰 뭔가가 걸어

나왔다. 귀신이었다! 서준이는 숨이 막혔다.

귀신은 땅 위를 미끄러지듯이 천천히 걸어서 보리밭 안으로 들어갔다. 서준이는 할아버지에게 피하라고 소리치고 싶었지만, 그러다가 귀신에게 자기도 들킬까 봐 무서워서 소리를 지를 수가 없었다.

귀신은 지난번에 봤을 때와 똑같은 모습이었다. 하얀 소복을 입은 막대기처럼 길쭉한 키에 무릎까지 내려오는 긴 머리. 귀신은 천천히 걸어오고 있었지만 기이하게 속도가 빨랐다. 귀신은 순식간에 보리밭 한가운데로 들어갔다.

마침내 귀신이 할아버지 뒤에 나타났다. 귀신이 할아버지를 잡아먹는 건 아닐까? 서준이는 간이 콩알만 해져서 침을 꿀꺽 삼켰다.

귀신이 뒤에 나타나자 할아버지가 고개를 돌렸다. 서준이는 할아버지가 놀라서 뒤로 나자빠질 거라 생각했다. 하지만 할아버지는 전혀 놀란 기색 없이 자리에서 일어나 귀신에게 뭔가를 말하기 시작했다.

할아버지가 말하는 동안 귀신은 가만히 서서 할아버지의 말을 듣고 있었다. 말을 마친 할아버지는 귀신의 팔을 한 번 가볍게 두드리고는 보리밭 밖으로 발걸음을 옮졌다.

 서준이는 어안이 벙벙해졌다. 할아버지는 마치 오랜 친구라도 되는 것처럼 귀신을 대하고 있었던 것이다. 할아버지가 자신이 있는 쪽으로 똑바로 걸어오고 있었기 때문에 서준이는 풀숲에서 나와 오두막을 향해 줄행랑을 쳤다.

 그날 할아버지가 집에 돌아온 후에도 서준이는 할아버지에게 낮에 있었던 일에 대해 묻지 않았다. 그는 할아버지가 점점 무서워졌다. 세상에, 할아버지가 귀신과 한패일 줄이야. 할아버지는 도대체 무슨 꿍꿍이인 걸까? 귀신하고 무슨 얘기를 했던 걸까?

 서준이는 그 후로 며칠 동안 보리밭에 가지 않았다. 일단 할아버지는 자신이 귀신과 대화하는 모습을 서준이가 훔쳐봤다는 사실을 모르는 것 같았다. 아니, 혹시 모른다. 이미 눈치챘으면서도 일부러 모르는 척하는 것인지도 모른다.

 할아버지가 귀신을 오두막으로 불러들이면 어떡하지? 서준이는 불안해졌다. 서준이는 밤이 되면 귀신이 방 안에 들어올까 봐 무서워서 이불을 뒤집어쓴 채로 덜덜 떨다가 새벽녘에야 잠이 들었다.

'할아버지가 귀신이랑 친구라는 걸 엄마 아빠한테 알려야 해.'

서준이는 해변을 걸으며 생각했다.

'문제는 여긴 전화가 없잖아. 빨리 이 섬을 빠져나가야 하는데, 어떻게 한담.'

나무로 뗏목을 만들어서 섬을 빠져나갈까? 하지만 서준이는 뗏목 만드는 방법을 몰랐다. 그리고 할아버지한테 망치와 못을 빌려 달라고 하면 할아버지는 서준이가 도망치려는 것을 눈치챌 것이다.

서준이가 골똘히 생각에 잠겨 해변을 걷고 있는데, 멀리서 배 한 척이 눈에 띄었다. 작은 조각배에서 누군가가 해변으로 내리고 있었다. 영주 할아버지였다! 서준이는 할아버지에게 뛰어갔다.

"할아버지! 영주 할아버지!"

영주 할아버지는 서준이를 보더니 얼굴이 환해졌다.

"오, 아직 이곳에 있었구나."

서준이는 숨이 턱에 닿도록 달려가서 영주 할아버지에게 매달렸다.

"할아버지, 저 좀 구해 주세요!"

"응? 무슨 소리야?"

"지금 빨리 이 섬에서 빠져나가야 해요! 절 좀 구해 주세요!"

영주 할아버지가 영문을 모르겠다는 얼굴로 물었다.

"무슨 일인데 그러냐?"

"이 섬에 귀신이 있어요!"

서준이는 숨을 헐떡거리며 말했다.

"섬 안쪽에 보리밭이 있는데, 그곳에 귀신이 살고 있어요. 더 무서운 건, 우리 할아버지가 그 귀신이랑 아는 사이라는 거예요! 제가 직접 봤어요. 할아버지가 귀신이랑 얘기하는 걸 제가 직접 봤어요!"

그 말에 영주 할아버지의 얼굴에 잠시 놀라움이 스쳐 지나갔다.

"진짜예요, 진짜로 제가 직접 봤어요."

"알겠다, 진정하렴. 결국 귀신을 본 모양이구나."

"네, 두 번이나 봤어요."

영주 할아버지는 착잡한 표정으로 잠시 바다를 쳐다보다가 고개를 돌렸다.

"우리 여기서 이러고 있지 말고 저쪽 그늘 아래로 가서 얘기하자꾸나."

할아버지는 서준이의 손을 잡고 해변이 끝나고 숲이 시작되는 곳으로 걸어갔다. 그곳에는 긴 통나무 하나가 쓰러져 있었다. 두 사람은 통나무 위에 걸터앉았다.

서준이는 영주 할아버지에게 자신이 본 것들을 다시 자세히 설명했다. 그 얘기를 다 듣고 난 뒤 할아버지는 알 듯 모를 듯한 미소를 지었다. 그 미소는 어딘가 묘하면서도 슬퍼 보였다.

"너희 할아버지는 나쁜 사람이 아니야. 과묵하긴 해도 좋은 사람이지."

영주 할아버지가 조용히 말했다.

"그 귀신도 마찬가지란다."

"그게 정말 귀신 맞아요?"

서준이의 물음에 할아버지가 고개를 끄덕였다.

"진짜 귀신이란 말이에요?"

"그렇지. 그런데 나쁜 귀신은 아니야. 내 생각에 보리밭에서 너를 쫓아온 건 오랜만에 아이를 보고 반가워서 그랬을 거야. 너에게 손을 내민 것도 넘어진 너를 일으켜 주려고 그랬을 고."

서준이의 입이 벌어졌다.

"그럼 착한 귀신이에요?"

할아버지는 작게 웃음을 터뜨렸다.

"그런 셈이지. 착한 귀신이지."

"그럼 그 귀신이랑 우리 할아버지는 무슨 관계예요?"

영주 할아버지의 시선이 다시 바다를 향했다. 마치 바다가 그 질문에 대신 대답을 해주길 바라는 것처럼 노인은 한동안 바다를 바라보았다. 서준이는 할아버지가 입을 열 때까지 참을성 있게 기다렸다.

이윽고 할아버지가 말했다.

"이건 정말 긴 이야기란다. 그리고…… 너처럼 어린아이가 이해하기에는 좀 어려울 수도 있어."

"어떤 이야기인데요?"

영주 할아버지는 서준이의 머리를 쓰다듬었다.

"그래, 어차피 나도 하루 종일 할 일이 없으니까 우리 여기서 얘기나 하자."

해변에는 파도가 할아버지의 이야기를 듣고 싶은 듯이 밀려오고 있었다.

1부

전
아름다움을 찾는
사람입니다.

그리고 오늘
드디어
절대적인 아름다움을
찾았습니다.

2. 용사냥꾼

　시장 뒤편의 후미진 골목 안에는 '청원'이라는 낡은 술집이 하나 있었다. 지저분한데다 안주도 부실하기 짝이 없는 곳이었지만 그럼에도 이곳이 계속 장사를 할 수 있었던 이유는, 이 돈으로 장사가 되나 싶을 정도로 싼값에 술을 마실 수 있기 때문이었다. 소문에 의하면 주인이 싸구려 밀주를 만들어 판다고들 했다.
　청원에는 온갖 위험하고 수상쩍은 사람들이 모여들었다. 사실 이곳에 모인 사람들 중 절반은 헐값에 술을 마시러 온 건달이었지만, 다른 절반은 수상쩍은 사람을 몰래 만나기 위해 온 수상쩍은 사람들이었다. 암흑가에 몸

담은 이나 수배 중인 범죄자, 금지된 의식을 하는 마법사 등이 그들이었다. 또한 이곳에서는 이곳에 모인 사람들만큼이나 위험하고 이상한 정보가 흘렀기 때문에, 뒷세계의 정보를 얻고자 하는 사람들이 탁자에 둘러앉아 소곤거리는 모습을 밤마다 볼 수 있었다.

그날 저녁 청원의 구석진 자리에는 건장한 사내 한 명이 앉아서 홀로 술을 마시고 있었다. 주강진이었다. 보통 사람보다 머리 하나는 더 큰 키에 성벽처럼 거대하고 단단한 몸뚱이를 가진 사내였다. 그는 이곳에 모인 이상한 사람들 중에서도 특히 기이하고 보기 드문 사람이었다.

주강진은 청원의 단골이었다. 그는 술을 마시거나 자기만큼이나 이상한 사람을 만나기 위해 자주 이 술집을 찾았다. 청원에는 뒷세계 범죄자와 건달이 들끓었지만 그들 중 누구도, 고주망태가 되어서도 주강진에게 시비를 거는 사람은 없었다. 주강진이 보기만 해도 주눅이 들 만큼 거대하고 무시무시해 보이는 사내이기도 했지만, 그가 얼마나 괴력을 가진 사내인지 다들 알고 있었기 때문이다. 청원의 천장에 있는 새끼 거미조차도 주강진의 머리 위에서는 놀지 않았다. 아마 주강진이 화가 나면 한 손으로 청원 전체를 박살 내 버릴 수도 있을 것이다. 물론 그런 일은 쉽게 일어나지 않을 테지만 말이다. 그를 화나게 하는 사람이 없기 때문이기도 했지만, 그가 여간해서는 감정에 변화가 없는 사람이기 때문이었다. 청원의 사람들에게는 천만다행인 일이었다.

주강진은 뭔가를 생각하면서 혼자 천천히 술을 따라 마시고 있었다. 그의 뒤편 구석에는 거대한 물체가 벽에 기대어 서 있었다. 멀리서 보면 그것은 언뜻 바다 건너 서양인들이 쓴다는 악기인 하프처럼 보였다. 하지만 그것은 악기가 아니라 무기였다. 길이가 주강진의 키를 웃도는 그 물건은 바로 활이었다.

아마 세상 사람들은 대부분 그렇게 큰 활을 본 적이 없을 것이다. 활을 처음 본 사람들은 먼저 활의 거대한 크기에 놀랐고, 다음으로 그 활의 기이한 무게에 더욱 놀랐다. 그 활은 아무리 힘이 센 장정이라도 들어 올릴 수 없을 정도로 무거웠다. 들어 올리기는커녕 살짝 움직이기도 버거웠다. 활이 어찌나 무거운지 땅바닥에 활을 내려놓으면 바닥이 움푹 팰 정도였다. 그런데 주강진은 그렇게 무거운 활을 젓가락 다루듯 했다. 청원의 사람들이 주강진을 무서워하는 것도 무리는 아니었다.

그 거대한 활을 알아보는 사람은 그것의 이름이 '살용

궁'이라는 것도 알고 있겠지만 대부분의 사람들은 그런 물건에 대해 들어본 적도 없었다. 물론 그것을 쓸 수 있는 사람은 더욱 드물었다. 어쩌면 오늘날 살용궁을 다룰 수 있는 사람은 천하에 주강진 혼자일 수도 있었다.

살용궁을 기대어 놓은 벽은 활의 끄트머리에 눌려 움푹 패어 있었다. 주강진은 청원에 올 때마다 항상 같은 자리에 앉았고 활을 늘 같은 자리에 뒀기 때문에 그 부분이 그렇게 패었다. 혼자 조용히 술을 마시던 주강진에게 한 남자가 다가왔다.

"강진, 잘 지냈나?"

남자는 편안하게 주강진의 맞은편에 앉아 술을 주문했다. 주강진은 남자에게 무심한 눈길을 던졌다.

"나야 늘 똑같지."

주강진이 걸걸한 목소리로 대답했다.

"왜 불렀나?"

상대는 술을 한 모금 마시며 비굴한 웃음을 지었다.

"뭘 그렇게 서두르고 그래. 일단 술 한잔하자고."

상대는 주강진의 정보원 중 한 명이었다. 주강진은 조직을 가리지 않고 여러 조직의 정보망을 이용하고 있었다. 그것은 뒷세계에서 정보를 밀매하는 일을 했던 그의 아버지에게 물려받은 것이었다. 지금 만난 사내도 아버지를 통해 소개받은 사람 중 하나였다. 주강진이 물려받은 정보망은 음지와 양지에 모두 걸쳐 있었고, 심지어 제국군과 독립군에도 그와 접촉하는 사람이 있었다. 눈앞에 앉아 있는 남자가 바로 제국군 소속이었다.

남자는 식탁 위의 고기를 한 조각 집어 먹으며 말했다.

"내가 저번에 자네한테 신세 진 일이 있어서 헐값에 줄 생각이야. 하지만 맨입으로는 안 돼. 자네가 들으면 좋아서 펄쩍 뛸 소식이거든."

"듣고 나서 계산하지."

주강진의 말에 남자의 얼굴에 다시 미소가 번졌다.

"자네, 마지막으로 용을 본 지 얼마나 됐나?"

그 말에 주강진의 굵은 눈썹이 꿈틀했다.

"너무 오래됐는데."

"그렇지, 요즘 세상에는 용을 볼 수가 없지. 용은 수십 년 전에 멸종했다는 게 정설이니까."

"갑자기 용 얘기는 왜 꺼내는 거야?"

남자는 젓가락을 내려놓고 몸을 내밀며 속삭였다.

"아직 남아 있는 용이 있거든."

주강진은 무표정하게 팔짱을 꼈다. 그런 말이라면 지

금까지 수도 없이 들었기 때문이다. 남자는 두 손을 활짝 펼쳤다.

"그래, 그럴 줄 알았어. 하지만 이건 진짜야."

"벌써부터 재미가 없군."

"진짜라고. 들어봐. 몇 달 전에 제국 육군이 광백산으로 원정을 떠났어."

"광백산?"

"그래. 그곳에 육군성 최정예 부대가 파견되었지. 그들이 그곳에 갔다는 사실을 아는 사람은 거의 없어. 일급기밀 임무였거든."

"자네는 그 사실을 어떻게 알게 되었나?"

"말하자면 복잡해. 나도 아주 어렵게 얻은 정보야. 하지만 믿을 만한 정보지."

남자는 품속에서 종이 한 장을 꺼내 식탁 위에 펼쳤다.

"광백산 서쪽 부근의 지도일세."

남자는 지도 위의 한 지점을 손가락으로 가리켰다.

"부대의 목적지가 이곳이었어. 이곳 협곡 위에 커다란 동굴이 있는데, 그곳에 용 몇 마리가 살고 있대."

"제국군이 용을 사냥하러 갔다는 건가?"

"그건 아냐. 그들은 용이 지키는 뭔가를 찾으러 간 거야. 총통이 직접 내린 명령이었지."

"총통이?"

"그래. 총통과 수뇌부의 몇 명을 제외하고는 아는 사람이 거의 없는 기밀 작전이었어."

"용들이 뭘 지키고 있었는데?"

"그건 나도 몰라. 하지만 중요한 건 총통이 그것을 찾아오라고 직접 지시했다는 거야. 그리고 결과는, 가까스로 성공했지. 부대원이 거의 전멸하긴 했지만. 애초에 용을 죽이는 게 목적이 아니었고, 용을 죽이기도 어려우니까. 뭐, 자네라면 모르겠지만."

남자가 주강진 뒤의 살용궁을 가리키며 말했다.

"아무튼 그래서 살아남은 몇몇 부대원들이 그 물건을 가져와서 총통에게 바쳤나 봐. 아마도 내 생각에는 대단한 보물이 아닐까 싶어."

"용은 보물을 좋아하지 않아."

"그래? 하긴 나야 용에 대해 잘 모르니까. 아무튼 수천 명의 최정예 부대를 희생시킨 대가로 총통은 어렵게 그 물건을 손에 넣었지. 확실하진 않지만 그런 것 같아. 하지만 총통이 무슨 물건을 가졌는지는 나도 잘 모르겠고, 자네에게 중요한 건 그 산에 용들이 있었다는 사실이지. 그렇지 않나?"

"몇 마리나 되는데?"

"그건 나도 몰라. 하지만 위치는 제대로 알지."

남자는 다시 지도를 가리켰다.

"바로 여기야. 이 협곡 위의 동굴에 용들이 있대."

주강진은 잠시 지도를 쳐다보다가 말했다.

"믿기 어려운 말이군."

"그렇지. 하지만 정보의 진위는 확실해. 이건 내가 우리의 신용을 걸고 하는 말이야. 지금까지 내가 잘못된 정보를 준 적이 있던가?"

"용이 지키던 물건을 빼앗겼다면 그곳을 떠나지 않았겠나?"

남자가 어깨를 으쓱했다.

"글쎄, 그건 잘 모르겠어. 뭐, 그럴 수도 있겠지. 하지만 일단 이곳에 용이 있었던 건 확실해."

남자는 그렇게 말하며 지도를 톡톡 두드렸다.

"그리고 자네가 그곳에 가면 용이 어디로 떠났는지 단서를 찾을 수도 있겠지. 어떤가, 내가 지금까지 자네에게 준 것들 중에 최고지?"

주강진은 무표정하게 술 한 모금을 마셨다. 그는 오늘

이런 말을 듣게 될 줄은 꿈에도 몰랐다. 제국군 쪽 정보원으로부터 용에 대해 들을 줄은 말이다.

하지만 주강진은 운명을 깊이 믿는 사람이었다. 그리고 용 사냥꾼이라면 그럴 수밖에 없었다. 주강진은 지갑에서 지폐 몇 장을 꺼내 내밀었다. 남자는 지폐를 세어 보고는 실망한 표정을 지었다.

"용에 대한 정보를 줬는데 이게 전부인가?"

"자네 말이 사실인지 직접 확인해야겠어. 광백산에 가서 자네 말이 맞다는 걸 확인하면 와서 두 배를 더 주지."

그 말에 남자는 눈을 치켜떴다.

"그럼 좀 더 기다리지, 뭐."

"이건 내가 가져갈게."

주강진은 자리에서 일어나며 지도를 챙겼다. 남자가 주강진을 올려다보며 물었다.

"어디 가는 거야?"

"광백산."

"지금 바로 떠나려고?"

"그래."

주강진은 뒤에 놓여 있던 살용궁을 집어 들었다.

3. 독립군

쌀쌀한 가을날이었다. 문을 열고 들어온 성당 안에는 아무도 없었다.

손에 들고 있는 두루마리 속 금속의 무게가 긴장감을 더했다. 하지만 동시에 그 무게감은 약간의 차분함을 더해 주기도 했다. 지금 하려는 일의 중요성을 실감하게 하는 무게였다.

탑 꼭대기로 향하는 계단은 차디차고 어두웠다. 하지만 이미 사전 답사로 몇 번 올랐던 길이었기에 암석은 망설임 없이 계단을 올라갔다.

커다란 종이 걸린 탑 꼭대기에 도착한 암석은 두루마리를 펼쳐 장총을 꺼냈다. 조직에서 암석을 위해 특별히 구해 준 물건이었다. 암석의 실력에 어울리는 물건이었고, 총 역시 암석을 실망시킨 적이 한 번도 없었다.

　암석은 총을 장전한 뒤 모자를 벗어 바닥에 내려놓았다. 그리고 자신도 모자 옆에 길게 엎드렸다.

　총구가 향하는 곳은 도심 한가운데에 있는 커다란 한옥집이었다. 백오십 보 정도 떨어진 거리였지만 암석은 자신이 있었다.

　조준경에 눈을 대면서 모든 준비가 끝나자 암석은 꼼짝하지 않고 기다렸다. 저격은 자기 자신과의 싸움이었다. 표적이 나타날 때까지 참을성을 갖고 기다려야 했다. 인내의 시간 뒤에 찾아오는 찰나의 기회를 작은 총알로 맞춰야 했다. 인내심과 집중력이 모두 필요한 일이었다. 그 두 가지는 서로 양립하기 어려웠지만, 암석에게는 둘 다 익숙했다.

　한 시간 정도 지나자 문이 열리고 네 사람이 걸어 나왔다. 남자 둘과 기생 두 명이었다. 기생들은 왼쪽 남자의 팔을 붙잡고 교태를 부리고 있었다. 다음에도 또 방문해 주세요. 아마 그런 말이겠지. 남자는 크게 웃으며 고개를 끄덕였다. 암석은 속으로 웃음을 지었다. 한 치 앞의 운명을 모르는 게 인간이다.

물론 그건 암석에게도 적용되는 일이다. 남자가 기생집을 다시 올 수 있을지, 지금 바로 저승으로 떠나게 될지는 오직 암석의 손가락 끝에 달려 있었다.

몇 초간의 정적 동안 암석은 자신의 손가락 끝에 영혼을 걸었다. 그리고 늘 하던 대로 신에게 용서와 함께 행운을 달라고 빌며 방아쇠를 당겼다.

총알은 백오십 보를 날아가 표적의 이마를 꿰뚫었다. 제국군 육군 장교는 그 자리에서 쓰러졌다.

암석은 자리에서 일어나 두루마리로 총을 감싸고 모자를 썼다. 그리고 신에게 감사하며 성큼 걸음으로 계단을 내려갔다.

성당을 나온 암석은 차도를 가로질러 걷다가 지나가던 인력거를 불러 탔다. 인력거에 앉아 암석은 안도의 숨을 내쉬며 마음속으로 기도를 올렸다.

'하느님, 독립을 위해 한 걸음 다가가게 해주셔서 감사합니다.'

장교가 쓰러진 뒤 현장에서는 일대 소동이 일어났다. 순사들이 급히 달려왔고 구경꾼들이 모여들었다. 하지만 그때 이미 암석은 현장에서 멀리 벗어난 후였다.

4. 도련님

화창한 봄날이었다. 그날도 이정민은 늦잠을 자다가 아버지에게 역정을 들었다.

"이 녀석, 안 일어나!"

이정민은 이불 속에 웅크린 채 구시렁거렸다.

"아, 거 너무 뭐라고 하지 마쇼."

방 안에 들어온 아버지는 이불을 걷어차 버렸다.

"이놈, 지금이 몇 시인데 이 시간까지 자고 있어!"

이정민은 투덜거리며 일어났다. 아버지가 나가자 그는 중얼거렸다.

"심술궂은 노인네 같으니."

주말이긴 했으나 이미 정오를 넘긴 시각이었다. 이정

민은 대충 세수를 한 뒤 늦은 아침을 먹었다. 어제 친구들과 밤새워 술을 마시느라 새벽에야 잠이 들었던 것이다.

깨작깨작 밥을 먹는 정민에게 아버지가 물었다.

"어제는 또 누구랑 술을 마셨냐?"

"누구긴, 늘 같이 먹는 친구들이죠."

아버지는 혀를 찼다.

"맨날 그렇게 먹고 놀지만 말고 좀 제대로 살아라. 네 나이가 몇인데 아직도 그러고 있느냐."

"몇이긴, 이제 겨우 스물두 살인데 아직 한참 놀 때지."

그 말에 아버지는 짜증을 냈다.

"이놈아, 내가 네 나이 때는 이 마을에서 제일 잘 나가는 마법사였어! 넌 도대체 누굴 닮아서 그렇게 맨날 놀기만 해?"

"아이고, 잘나서 좋으시겠어."

"뭐라고, 이놈아?"

이정민은 콩나물국을 들이켜며 말했다.

"이거 맛있네. 콩나물국이 해장으로 딱이지."

아버지는 혀를 차며 옷섶을 여몄다.

"젊은 날은 주마등처럼 지나간다. 지금 네가 이렇게 빈둥거리는 거 나중에는 결국 후회해. 어서 빨리 정신 차리고 장가도 들고 가업을 이을 생각을 해야지."

"그럴 생각은 없다고요."

아버지는 두루마기를 걸친 뒤 잘 개어서 방바닥에 놓아 둔 화려한 초록색 한복을 꾸러미에 집어넣었다. 오늘도 굿을 하러 가는 것이었다.

"어디 놀러 가지 말고 공부도 좀 하고 그러거라."

이 말을 남기고 아버지는 방문을 나섰다. 그 모습을 보면서 이정민은 중얼거렸다.

"한심한 노인네 같으니."

아침상을 물린 뒤 이정민은 옷을 갈아입고 마당으로 나왔다. 마당을 쓸던 하인들이 그에게 고개 숙여 인사했다.

"도련님, 일어나셨습니까."

그도 고개를 까딱이며 인사를 받았다.

딱히 갈 곳이 있었던 것은 아니지만 이정민은 대문을 나섰다. 그는 오늘은 뭘 하며 놀까 생각하면서 거리를 어슬렁거렸다.

'맞다, 오늘 저녁에 파티가 있었지.'

경성 거리를 걷다가 그는 불현듯 생각이 떠올랐다.

'그럼 오늘 파티에서 입을 옷이나 골라 볼까.'

이정민은 근처에 있는 백화점으로 향했다. 그가 자주 가는 곳이었다. 양복을 파는 매장 안으로 들어가자 그를 알아본 점원이 공손하게 인사했다.

"오늘 파티에 갈 때 입을 옷을 사러 왔습니다. 저한테 잘 맞는 걸로 추천해 주세요."

그의 말에 점원은 재빨리 매장 안쪽에서 정장 한 벌을 가져왔다.

"손님, 정말 기막힌 행운이군요. 이건 마침 오늘 아침에 들어온 물건입니다. 손님에게 잘 맞을 듯하니 한번 입어 보시죠."

정민은 점원이 준 옷으로 갈아입고 거울 앞에 섰다. 새카맣고 우아한 연미복이었다. 요란하지 않으면서도 세련되고 아름다운 옷이었다. 연미복은 그의 몸에 맞춘 것처럼 꼭 맞았다. 그는 옷을 입은 자신의 모습이 마음에 들어 거울에서 눈을 떼지 못했다. 거울 속에는 훤칠하고 잘생긴 청년이 자신만만한 미소를 띤 채 자신을 보고 있었다.

'흠, 내가 봐도 정말 잘생겼군. 옷이 날개라지만 누가 입느냐도 중요하지.'

그의 옆에서 점원이 탄성을 질렀다.

"세상에, 정말 잘 어울리시는군요. 마치 손님을 위해

만든 것 같습니다."

정민은 미소를 지으며 말했다.

"이걸로 살게요."

옷을 산 뒤 그는 자주 가는 다방에서 커피를 한 잔 마시며 시간을 죽였다. 커피를 마시고 있자니 그와 친한 한량들이 다방 안으로 들어왔다.

"오, 정민이."

이정민도 손을 흔들었다. 그들은 자연스럽게 그와 합석했다.

"어제 집에 잘 들어갔어?"

한량 한 명이 물었다.

"아, 좀 힘들었다. 어제 너무 많이 마신 것 같아."

"아버지가 뭐라고 안 하셔?"

"안 그래도 늦잠 잔다고 혼났어. 근데 잔소리야 아버지 취미니까, 뭐."

친구 한 명이 실실 웃으며 물었다.

"자네 어제 했던 말 기억 나? 술 마시다가 내가 물어봤잖아. 만약 자네 아버지가 마법사가 되지 않으면 재산을 물려주지 않겠다고 하시면 어떻게 할 거냐고."

"그랬나? 그런 얘기가 나왔어?"

"어제 일을 기억 못해? 진짜 많이 취했나 보네."

"그래서 내가 뭐라고 대답했는데?"

"자네가 그러더군. 만약 그렇게 되면 아버지 앞에서 염소 흉내를 내면서 뛰어다닐 거라고."

그 말에 모두 와자하게 웃음을 터뜨렸다. 이정민도 낄낄거렸다.

"내가 그랬다고?"

"그래! 그러면서 염소 울음소리를 흉내 냈잖아."

그 친구는 염소를 흉내 내는 이정민을 흉내 냈다. 다시 한번 웃음이 터졌다. 이정민은 웃느라 정신을 못 차렸다.

"술에 얼마나 취해야 사람이 그렇게 되는 거야? 난 전혀 기억이 안 나는데."

"더 웃기는 건 자네가 염소 흉내를 내니까 옆자리에 앉아 있던 아가씨들도 자네를 보고 마구 웃어대더군. 잘생긴 남자가 얼굴값을 너무 못한다고 난리던데."

"어이쿠! 내가 그랬으면 자네들이 말렸어야지!"

그들은 다방이 떠나가라 낄낄거렸다.

"그건 그렇고 자네들 오늘 저녁에 파티 갈 거지?"

"당연하지. 몇 주 전부터 기다려 온 파티인데."

이정민은 바닥에 내려놓은 옷이 담긴 종이 가방을 가

리켰다.

"안 그래도 오늘 옷 한 벌 샀다. 이거 입고 가면 될 것 같아."

"오, 파티를 위해 옷까지 사다니."

다른 친구가 말했다.

"파티에 예쁜 아가씨들이 많이 왔으면 좋겠다."

그 말에 이정민은 손가락을 튕겼다.

"아, 그럼 진짜 좋지. 파티에는 여자가 제일 중요하니까."

그들은 수다를 떨면서 시간을 죽였다. 다들 시간 죽이기에는 도가 튼 인물들이었기에 시간은 쏜살같이 흘렀다. 몇 시간 동안 수다를 떨다가 배가 고파진 이정민은 친구들과 함께 늦은 점심을 먹은 뒤 헤어졌다.

경성 거리에는 한복이나 양복을 입은 사람들이 지나가고 있었다. 이정민은 지나가던 인력거를 불러 타고 집으로 향했다. 인력거에 앉아서 그는 나른함에 잠겨 눈을 감았다. 잠이 올 것 같았다. 맛있는 걸 먹고 새 옷을 사서 기분이 좋았다.

'아, 정말 기분 좋다. 매일 매일이 이랬으면 좋겠다.'

그는 저녁에 있을 파티에서 멋진 옷을 입고 사람들의

찬사를 받을 자기 모습을 상상하며 미소를 지었다.

집 앞에 도착하자 정민은 인력거에서 뛰어내렸다. 그는 집 안에 들어가서 포마드로 머리를 손보면서 거울 앞에서 오랫동안 시간을 보냈다.

마침내 시간이 되자 그는 연미복을 입고 다시 집을 나섰다. 파티가 열리는 연회장은 집에서 멀지 않은 곳에 있었다. 인력거를 타고 연회장에 도착한 이정민은 위풍당당하게 걸어가 초대장을 내밀고 안으로 들어갔다.

연회장 안에는 이미 그의 친구들이 모여 있었다. 정민은 술을 한 잔 들고 그들에게 걸어가 인사를 나눴다.

"정민이 너, 오늘 진짜 멋있는데?"

친구들은 그의 어깨를 두드리며 환영했다.

"나야 늘 멋있지."

그 말에 다들 웃음을 터뜨렸다.

"그렇긴 한데, 오늘따라 더 멋있다고. 옷이 진짜 잘 어울려."

"이거? 오늘 백화점에서 산 거야. 되게 비싼 거라고."

그들이 그렇게 시시덕거리는 동안 연회장으로 점점 더 많은 사람들이 들어왔다. 멋진 옷을 입은 젊은 남자들과 여자들이 술을 마시며 대화를 나눴고, 악단은 은은한 음악을 연주했다.

친구들과 수다를 떨면서 파티장 곳곳을 누비던 도중, 이정민은 들고 있던 술을 한 모금 마시다가 그대로 동작을 멈추고 말았다. 맞은편에 있는 아름다운 여자가 눈에 들어왔기 때문이다.

하늘색 원피스를 입고 긴 머리를 늘어뜨린 여자였다. 이정민은 그녀를 뚫어져라 쳐다봤다. 여자는 누군가와 대화를 나누며 간간이 미소를 짓고 있었다.

"와……."

정민은 옆에 있는 친구를 툭툭 쳤다.

"이봐, 저 여자 누구야?"

친구들은 대화를 멈추고 이정민이 가리키는 쪽을 돌아봤다.

"저기 하늘색 원피스 입은 여자 말인가?"

"그래."

"와, 진짜 미인이네."

다른 친구가 감탄했다.

"저렇게 예쁜 여자는 처음 봐."

이정민이 보기에도 그랬다. 여자는 수수한 옷차림이었지만 그걸로 충분했다. 여자의 외모가 눈부시게 빛났기 때문이다. 이정민은 입을 헤 벌리고 여자를 쳐다봤다. 그 모습을 본 친구들이 낄낄거렸다.

"이 친구 이거 완전히 반했구먼."

이정민은 고개를 끄덕였다.

"안 되겠어. 나 저 여자랑 사귀어야겠어."

"뭐라고?"

친구들이 웃음을 터뜨렸다.

"진정해. 얘기도 안 해 봤잖아."

"그런 건 중요하지 않아."

이정민은 술을 한 모금 들이켠 뒤 말했다.

"자네들 여기 있어. 난 중요한 일 좀 하고 올게."

"잘해 보라고."

친구들이 그의 어깨를 두드렸다.

이정민은 망설이지 않고 여자를 향해 걸어가 손을 내밀었다.

"안녕하세요."

다른 여자와 대화를 하고 있던 아가씨는 정민에게 의아하다는 시선을 던졌다.

"전 이정민이라고 합니다. 성함이 어떻게 되시죠?"

"네?"

여자는 아름다운 눈을 잠시 동그랗게 뜨고 있다가 곧 미소를 지으며 그의 손을 잡았다.

"전 윤소현이라고 해요."

"반갑습니다, 윤소현 씨."

이정민은 고개를 끄덕였다.

"이름도 정말 아름답네요."

여자는 작게 웃음을 터뜨렸다.

"감사합니다."

"제가 원래 낯선 사람에게는 쉽게 말을 안 거는데, 지금은 어쩔 수가 없겠더라고요. 아가씨가 너무 예뻐서요."

"아하, 그렇군요."

여자가 고개를 끄덕였다. 이정민은 부드럽게 고개를 끄덕이는 그 모습도 마음에 들었다.

"예쁘다는 말 많이 들으시죠?"

"글쎄요, 가끔?"

"오늘만 열 번은 들으셨을 것 같은데. 하지만 전 진심입니다. 당신은 정말 미인이에요. 아가씨 같은 미인은 처음 봐요."

"고맙습니다."

여자가 미소를 지었다. 이정민이 물었다.

"이 근처에 사세요?"

"네."

"오, 그런가요? 저도 이 동네에 사는데 지금까지 왜 한 번도 뵌 적이 없는지 모르겠군요. 아가씨 같은 미인이라면 진작에 알았을 텐데."

"최근에 이사 왔거든요."

"아, 그렇군요. 이사 와주셔서 정말 감사합니다."

여자는 다시 웃음을 터뜨렸다. 이정민이 물었다.

"혹시 학생이신가요? 굉장히 젊어 보이시는데."

"아니요, 일하고 있어요."

"그럼 어떤 일을 하시는지?"

"꽃집에서 일하고 있어요. 이 근처에 선화 꽃집이라는 곳이 있거든요."

그는 무릎을 쳤다.

"아, 거기 저도 잘 알아요. 거기서 꽃을 몇 번 산 적 있거든요."

"여자한테 주려고요?"

"네. 어머니 드리려고."

"효자이시군요."

"아가씨도 효녀이시네요. 아가씨 부모님은 따님을 보

기만 해도 행복하실 테니까."

그 말에 여자는 잠시 말없이 미소 짓다가 물었다.

"선생님은 무슨 일을 하시나요?"

"전 아름다움을 찾는 사람입니다."

"아름다움?"

"네. 그리고 오늘 드디어 절대적인 아름다움을 찾았습니다. 여기 있는 줄도 모르고 지금까지 그렇게 찾아 헤맸네요."

"말을 정말 잘하시네요."

"평소에는 지금보다 더 잘해요. 지금은 미인 앞이라 긴장해서 말이 잘 안 나오는 겁니다."

여자는 웃으면서 손사래를 쳤다.

"어휴, 예쁘다는 말을 평생 들은 것보다 오늘 더 많이 듣는 것 같네요."

"앞으로도 많이 해드릴게요. 혹시 애인 있으십니까?"

"네."

여자는 미소 짓고 있었지만 단호하게 대답했다.

"아, 그렇군요. 오늘 애인이랑 같이 오셨나요?"

"네."

"아…… 그렇군요."

이정민은 천천히 고개를 끄덕였다.

"누군지 모르지만 정말 부럽네요. 알겠습니다. 이거 실례했습니다."

"괜찮아요."

이정민은 여자에게 눈인사를 한 뒤 돌아섰다. 그리고 기다리고 있던 친구들에게 돌아갔다.

"어떻게 됐어?"

"애인 있대."

"이런!"

안타까워하는 소리가 터져 나왔다.

"하긴, 저렇게 예쁜데 애인이 없겠냐."

이정민은 아쉬운 얼굴로 여자를 돌아봤다. 여자는 벌써 다른 사람과 얘기를 나누고 있었다.

'윤소현 씨.'

그는 속으로 그녀의 이름을 중얼거렸다.

5. 앞잡이

    삼산원은 거꾸로 들려 버둥거리는 남자의 발끝에서 시선을 떼지 않았다. 뒤로 묶인 남자의 두 손은 허공을 움켜잡으려 애쓰는 것 같았다. 삼산원은 거북함을 참으며 남자를 응시했다.

    양쪽에서 남자를 붙잡고 있던 군인 두 사람이 그의 머리를 물속에서 꺼냈다. 물 밖으로 나온 남자는 허겁지겁 공기를 들이마셨다. 헐떡거리는 입에서 물과 침이 흘러내렸다.

    군인들은 남자를 뒤집어 삼산원의 앞에 주저앉혔다.

    "이제 좀 생각이 달라졌나?"

    삼산원이 사무적인 말투로 물었다.

"빨리 말하면 너도 좋고 우리도 좋잖아."

"난, 진짜, 아니라고."

남자가 가쁜 숨을 내쉬며 중얼거렸다. 혀가 입 안에서 제멋대로 움직이는 것처럼 소리를 냈다.

"난, 독립운동가가, 아니라니까. 너희가, 착각한 거야, 난 정말, 절대로……."

"아직도 그 소리야?"

삼산원은 일부러 소리를 질렀다.

"여기 증거가 다 있잖아! 너희 조선 놈들은 이래서 안 된다는 거다. 멍청하게 훤히 들여다보이는 거짓말이나 하고."

"진짜라니까요……."

남자가 고개를 흔들며 애원했다.

"제발, 제발 부탁입니다. 전 몰라요. 독립운동이고 뭐고 저는 전혀……."

"빌어먹을."

삼산원은 고개를 저었다.

"아직도 정신을 못 차렸네. 계속해라."

"예."

군인들이 다시 남자의 머리를 물속으로 집어넣었다.

남자의 발끝이 다시 춤을 추듯 어지럽게 움직였다. 삼산원은 이마의 땀을 닦았다.

결국 삼산원은 그날 남자의 입을 여는 데 실패했다. 상대는 여간 고집 센 놈이 아니었다.

다음 날 육군성 본부의 사무실에 출근한 삼산원은 아침 회의를 마치고 소장에게 불려 갔다. 소장의 지시는 간단명료했다. 하지만 그 간단함 속에 담긴 헤아릴 수 없는 잔인함에 삼산원은 모골이 송연해졌다. 그는 소장이 내민 서류를 내려다봤다.

"정말 이 작전을 하는 것입니까?"

"그렇다. 육군성과 해군성에 모두 명령이 내려졌다. 몇 달 안에 작전을 시작한다."

사무실로 돌아온 삼산원은 자신의 책상에 앉아 소장이 준 서류를 훑어보았다. 1급 군사 기밀이 담긴 서류였다. 잠시 서류를 읽던 삼산원은 떨리는 손가락으로 서류를 덮어 버렸다.

제국의 충직한 개가 된 지 어느덧 20여 년이 지났다. 그간의 공로를 인정받아 대위까지 올랐다. 이제 피에는 익숙해졌다고 생각했다. 하지만 그런 그도 지금 저 높은 곳의 생각을 감당할 수가 없었다.

사람을 죽이기 위해서 사람을 죽인다.

시체로 산을 쌓고 피로 바다를 만들어도 상관없다.

전쟁에서 승리할 수만 있다면.

군인으로 성공하기 위해서는 그래야 하는 것인가.

삼산원은 눈을 감고 생각했다.

그런 무시무시한 생각을 직접 행동으로 옮길 수 있어야 세상을 모두 얻을 수 있는 것인가.

'아무래도 내가 그릇이 작은가 보다.'

삼산원은 속으로 되뇌었다. 마음을 굳게 먹어야 한다. 사령부가 이미 결정한 일인 이상 그 뜻에 따를 수밖에 없다. 그것이 군인의 길이었고 그에게 주어진 유일한 길이었다. 조선인으로 태어나 제국의 군인으로 출세할 수 있는 유일한 방법은, 제국의 톱니바퀴로 충실하게 돌아가는 것뿐이었다.

마음을 굳게 먹어야 한다.

얼마나 죽이는지는 중요하지 않다.

그때 노크 소리가 들려 삼산원은 눈을 떴다. 들어오라는 말에 문이 열리고 비서가 우편물을 가져왔다. 삼산원은 별생각 없이 우편물을 뜯으려다가 멈칫했다. 고향에서 온 편지였던 것이다.

   삼산원은 천천히 편지를 뜯었다. 편지에는 그의 어머니가 돌아가셨다는 간결한 문장이 담겨 있었다.

   그는 편지를 책상에 내려놓았다. 손이 떨렸다. 그는 자신의 마음속에서 천천히 차오르는 감정이 슬픔인지 그리움인지 알 수가 없었다.

6. 마법사들

굿이 끝난 후에는 마을 사람들끼리의 한바탕 잔치였다. 사람들은 음식을 나눠 먹으며 즐거워했다. 귀신에게 바친 음식이었지만 굿이 끝난 뒤에는 인간의 것이었다. 마법사가 굿을 하는 동안에는 무서워서 어른들 뒤에 숨어서 떨던 아이들도 굿이 끝나자 맛있는 걸 먹으려고 서로 젓가락을 들이밀었다.

사람들이 음식을 먹는 모습을 보며 박도준은 안도의 숨을 돌렸다. 그는 굿판 뒤에 벌어지는 잔치에서 평온함을 느꼈다. 아마 귀신도 이 모습에 흐뭇해할 것이리라. 그는 그렇게 생각했다. 음식을 더 들고 가라는 사람들의 말에 그는 웃으며 손을 저었다.

"피곤해서 먼저 들어가서 쉬려고요. 그럼 맛있게 드시다 가세요."

박도준은 사람들과 인사를 나눈 뒤 집으로 향했다.

굿이 끝난 뒤에는 늘 지금처럼 몸이 노곤했다. 살아 있는 몸에 귀신을 내리는 것이니 그럴 만했다.

하지만 그는 그 피곤함을 특별하게 생각하지는 않았다. 밭매는 농부나 밥 짓는 아낙이나 일하고 나면 피곤한 것은 마찬가지이다. 그는 마법사라는 직업도 결국 땅 위의 한 명의 노동자에 불과하다고 생각했다. 막 마법사가 된 젊은 시절부터 갖고 있던 생각이었다.

마을 외곽에 있는 자기 집에 돌아온 박도준은 앉아서 잠시 쉬다가 다시 일어나서 느릿느릿 집을 청소하기 시작했다. 하지만 청소를 시작한 지 얼마 되지 않았을 때 문밖에서 누군가가 그의 이름을 불렀다.

"또 무슨 일이오?"

박도준은 그렇게 말하며 밖으로 나가 문을 열었다. 마을 사람이 찾아온 줄 알았기 때문이다. 하지만 문밖에는 전혀 생각도 못한 사람이 서 있었다.

"도준이 형!"

흰 두루마기 차림에 서글서글한 인상의 중년 사내였다. 그를 알아본 박도준의 눈이 커졌다.

"아니, 상연이?"

남자가 웃으며 말했다.

"오랜만입니다. 그간 잘 지내셨어요?"

"이게 무슨 일인가? 자네는 서울에 있는 걸로 알고 있는데?"

"맞습니다. 서울에서 막 온 참입니다."

"서울에서 이곳 황해도까지? 설마 나를 만나러?"

"그럼요."

박도준은 크게 반가워하며 진상연의 손을 잡고 흔들었다. 진상연은 그와 어린 시절에 함께 수련했던 친한 동생이었다. 마법사가 된 후 오랫동안 연락이 끊겼는데, 이렇게 갑작스럽게 그를 찾아온 것이다.

박도준은 진상연을 마루에 앉혔다. 식탁 위에 몇 가지 주전부리와 식혜를 차리자 진상연은 감사해하며 식혜를 한 모금 마셨다.

"이게 도대체 얼마 만인가?"

"그러게나 말입니다. 얼굴 본 지 너무 오래 되었죠? 그 사이에 형님, 좀 늙으셨군요."

"자네도 많이 늙었네그려."

두 사람은 웃음을 터뜨렸다.

"안 그래도 언젠가는 꼭 형님을 다시 만나야겠다고 오래전부터 생각하고 있었는데, 마침 중요한 일이 있기도 해서 형님을 직접 찾아왔습니다."

"중요한 일?"

"그렇습니다."

진상연의 얼굴이 진지해졌다.

"사실 저는 현재 조선사회주의 마법사연합에 소속되어 있습니다."

"조사연?"

"알고 계십니까?"

"마법사들이 결성한 독립운동 단체라고 알고 있네만. 그런데 자네가 그런 일을 하고 있었다니……."

"제가 형님을 찾아온 이유도 독립운동과 관련해서 형님께 도움을 청하기 위해서입니다."

"독립운동을? 내가?"

진상연은 고개를 끄덕이며 말을 이었다.

"혹시 '광진여 대마법서'에 대해서 들어보셨습니까?"

"그건 전설 속의 마법서 아닌가."

"많은 마법사들이 전설 속의 이야기로만 알고 있지요. 하지만 그것이 실존한다고 믿고 그것을 찾는 마법사들 역시 예로부터 많았습니다. 그 역사는 실로 길어서 삼천 년에 이릅니다."

그 이야기는 박도준 역시 익히 알고 있었다. 광진여 대마법서는 인간이 신을 창조할 수 있게 해주는 마법서로, 삼천 년 전에 신이 지상 어딘가에 봉인했다고 알려져 있었다. 신을 창조하여 아득한 신의 힘을 사용할 수 있다는 전설 때문에 삼천 년 동안 한반도의 마법사들은 광진여 대마법서를 찾아 헤맸다. 물론 박도준은 그것을 단순한 전설로 치부하는 쪽이었다.

"그럼 광진여 대마법서의 위치를 기록한 고대 문서에 대해서는 아시는지요?"

진상연이 물었다.

"그런 게 있다는 건 들어봤지만 그 문서는 암호로 적혀 있다고 들었네. 그래서 지금까지 아무도 그 암호를 해독하지 못한 걸로 아는데."

"그렇습니다. 반도의 마법사들은 지난 삼천 년 동안 그 문서의 암호를 해독하기 위해 애썼지요. 특히 나라를 빼앗긴 후에는 고대 문서의 암호를 풀기 위해 전국의 수많은 마법사들이 힘을 합쳤습니다. 그리고 각고의 노력 끝에 최근에, 드디어 그 문서의 암호가 풀렸습니다."

"암호를 풀었다고?"

박도준은 눈을 깜박였다.

"그렇습니다."

"거기에 대마법서가 어디에 있는지 씌어 있나?"

"예. 태백산에 봉인되어 있다고 나옵니다."

어리둥절해진 박도준에게 진상연은 설명을 계속했다.

"고대 문서에 따르면 광진여 대마법서는 태백산의 한 동굴 속에 봉인되어 있다고 합니다. 암호를 해독한 후 저희 조사연을 비롯한 전국의 마법사들은 광진여 대마법서를 꺼내서 신을 소환해 제국을 물리치고 삼십여 년간의 식민 지배를 끝내기로 결정했습니다. 그런데 마법서가 있는 동굴의 봉인을 풀기 위해서는 많은 마법사들이 힘을 합쳐야 합니다. 333명의 강력한 마법사들이 마력을 모아서 함께 고대 문서에 나오는 주문을 외워야 동굴의 문을 열 수 있다고 합니다."

"그게…… 정말 사실인가?"

"그렇습니다. 그래서 저희는 현재 동굴의 봉인을 열기 위해서 전국 각지의 도력이 높은 마법사들을 모으는 중입니다. 제가 형님을 찾아온 이유가 바로 그 때문입니다.

 형님, 광진여 대마법서를 꺼내 우리 민족을 구하는 데 힘을 보태 주십시오."

 진상연의 말이 끝난 뒤에도 박도준은 한동안 말을 잇지 못했다. 오늘 아침까지만 해도 이런 이야기를 듣게 될 줄은 상상도 못했던 것이다.

 "그 전설이 사실이었다니……."

 진상연이 고개를 끄덕였다.

 "그렇습니다. 천지신명께서 우리 민족을 굽어살피신 것입니다. 형님, 곧 서울에서 조사연을 포함한 전국 마법사 대회의가 열립니다. 부디 저와 함께 서울로 가십시다. 가서, 다른 마법사들과 함께 광진여 대마법서의 봉인을 해제하는 것을 도와주십시오. 형님과 같은 도력이 높은 마법사들의 도움이 필요합니다."

 황해도에서 서울까지는 상당한 거리이다. 하지만 상관없었다. 오래 생각할 필요도 없었다. 박도준은 흔들림 없는 눈빛으로 말했다.

 "나처럼 어설픈 마법사가 이런 일에 도움이 될지는 모르겠네. 하지만 오랫동안 고통 받은 우리 민족을 구하기 위한 일이니, 내 하찮은 몸 하나 기꺼이 바치겠네."

그러자 진상연은 박도준의 손을 덥석 잡으며 크게 기뻐했다.

"정말 감사합니다."

"내가 고맙지. 이런 큰일에 나를 불러줬으니."

그러면서 박도준은 중얼거렸다.

"신을 창조한다……."

7. 원정대

바닷가 마을은 늘 조용했다. 조용하기만 할 뿐 아니라 늘 지루하기 짝이 없었다. 이 작은 시골 마을에는 놀 것도 없고 구경할 것도 없었다. 어른들은 항상 일을 하느라 바빠서 은태와 놀아 주지도 않았다.

올해 열 살인 은태는 매일 해변에 나가서 생각에 잠긴 채 모래사장 위를 걷거나 모래 위에 앉아 사색에 잠기곤 했다. 마을에는 은태 또래의 아이들이 몇 명 있었지만 언제부터인가 그 아이들과 노는 것도 지겨워졌다. 그래서 은태는 혼자 시간을 보냈다. 이 지루한 마을에서 은태의 유일한 낙은 해변에 앉아서 멀리 떠나는 상상을 하는 것뿐이었다.

"떠나고 싶다."

은태는 먼바다를 보며 중얼거렸다.

"멀리 멀리 떠나고 싶다."

지루했다. 너무나도 지루했다. 다른 형제가 없었던 은태는 아침에 일어나자마자 집을 나와 오늘은 뭐 재미있는 일이 없나 하루 종일 작은 동네를 돌아다녔다. 하지만 늘 똑같은 날들이었다. 다를 건 하나도 없었다.

마을을 떠나고 싶어 하는 은태의 바람을 부모님도 잘 알고 있었다. 하지만 부모님은 은태에게 별 관심이 없었다. 엄마와 아빠는 일을 마치고 집에 돌아오면 저녁을 먹자마자 곯아떨어졌다.

아마 은태도 어른이 되면 아빠처럼 어부가 되어야 할 것이다. 하지만 은태는 어부가 되고 싶지 않았다. 고기를 잡는 것보다 더 재미있는 일을 하고 싶었다. 무엇보다도 넓은 세상으로 나가고 싶었다. 물론 배를 타면 넓은 바다로 나갈 수 있었지만 그건 은태가 원하는 게 아니었다. 은태는 물과 기러기밖에 없는 바다 위를 돌아다니고 싶은 마음이 없었다. 그가 원하는 것은 도시였다.

'어른이 되면 꼭 도시로 나가야지. 가서 재미있는 일을 하고 싶어.'

그게 뭐든지 말이다. 은태는 늘 그렇게 생각했다.

그날도 은태는 넓은 세상으로 나가 재미있는 삶을 사는 자신의 모습을 상상하며 해변에 앉아 있었다. 은태가 한창 생각에 골몰하고 있을 때 해변 끝자락 뒤에서 커다란 배 한 척이 나타났다. 처음 보는 배였다.

'뭐지? 고기잡이배는 아닌 것 같은데.'

큰 배는 은태가 있는 해변 옆의 부두에 정박하려는 듯했다. 은태는 그쪽으로 다가갔다. 은태가 배 근처에 도달했을 때는 정박을 마치고 배에서 여러 남자들이 내리고 있었다.

"안녕하세요?"

은태는 그들에게 말을 걸었다.

"아저씨들은 어디서 오셨어요?"

은태를 본 남자들이 멈춰 섰다.

"우린 서울에서 왔단다. 혹시 여기에 잠시 머물 수 있는 여관 같은 곳이 있니?"

"있긴 한데 한 군데밖에 없어요."

"그럼 거기 다 머물 수는 없겠군."

그들은 성큼 걸음으로 마을로 향했다.

마을 사람들은 갑자기 나타난 남자들을 보고 약간 놀랐지만, 그들이 그저 물과 먹을 것을 찾아 잠시 들렀다는 것을 알게 되자 이내 경계심을 풀었다. 배에서 내린 남자들은 곧장 마을 술집에 들어가서 술과 음식을 잔뜩 먹어 치웠다.

은태는 그날 밤 호기심을 이기지 못하고 집에서 나와 남자들이 있는 술집으로 향했다. 남자들은 마을 중앙에 있는 술집 몇 개를 가득 채우고 왁자지껄하게 떠들며 술을 마시고 있었다. 작은 꼬맹이에게 관심을 주는 사람은 아무도 없었다. 은태는 그들이 먹고 떠드는 모습을 잠시 구경하다가 술집 구석에 노인 한 명이 앉아 있는 것을 발견했다.

노인은 구석 자리에 홀로 앉아서 술을 마시고 있었다. 배에서 내린 남자들이 대부분 젊은 것과 달리 그는 백발과 흰 수염이 성성한 할아버지였다. 하지만 멀리서 봐도 노인은 키가 크고 풍채가 당당해 보였다. 노인은 안주도 없이 혼자 술을 따라 마시며 깊이 생각에 잠겨 있었다.

은태는 노인에게 다가가 식탁 맞은편에 앉았다.

"할아버지, 안녕하세요. 저도 여기 앉아도 돼요?"

노인은 갑자기 나타난 은태를 보고 잠시 놀란 표정을

지었지만 이내 부드러운 미소를 지었다.

"물론이지."

노인이 입을 열자 동굴 안에서 울리는 듯한 깊고 낮은 목소리가 흘러나왔다.

"할아버지랑 아저씨들은 서울에서 왔다면서요?"

"그렇단다."

"서울은 어떤 곳이에요? 전 한 번도 서울에 가 본 적이 없어요."

노인은 미소를 지었다.

"아주 크고 복잡한 도시지."

"멋지네요. 전 항상 그런 곳에 가고 싶었어요."

"이곳이 지루하니?"

"네."

노인은 고개를 끄덕였다.

"네 나이에는 그럴 만하지. 하지만 이곳은 작지만 아름다운 마을 같은걸."

"근데 너무 심심한 곳이에요."

그렇게 말한 뒤 은태는 조심스럽게 물었다.

"있잖아요, 저도 할아버지를 따라가면 안 돼요?"

노인은 눈을 치켜떴다.

"우릴 따라오겠다고?"

"네."

"이런. 우리가 어디로 가는지도 모르잖니."

"어디든 괜찮아요."

"안 된단다."

노인은 부드럽지만 단호한 목소리로 말했다.

"우린 아주 멀고 위험한 곳으로 가는 중이야."

그 말에 은태의 눈이 커졌다.

"멀고 위험한 곳?"

"그래."

"전 항상 그런 곳으로 가고 싶었어요. 저도 갈래요."

"그곳은 어른들에게도 위험한 곳이야. 너 같은 아이에게는 말할 것도 없지."

은태는 풀이 죽어서 식탁 위에 엎드렸다.

"마을을 시끄럽게 만들어서 미안하구나. 네 마음을 들쑤신 것도 미안하다. 하지만 우린 이곳에 오래 머물지 않을 거야. 모레 아침에 바로 떠날 예정이지."

"그렇군요."

노인은 시무룩해진 은태를 보며 미소를 지었다.

"지금은 좀 심심하더라도 어른이 되어 고향을 떠나게

되면, 그때는 고향이 아름답게 느껴지고 그리워질 거야. 그러니 지금 이곳에서 가족과 친구들과 좋은 시간을 보내렴."

"이미 많이 보냈어요."

그러자 노인은 말없이 웃으며 술을 들이켰다.

노인의 말대로 이틀 후 아침, 남자들이 탄 배는 마을을 떠났다.

그날 초저녁 무렵 배에 탄 남자들 중 한 명이 필요한 물건을 찾아 갑판 아래로 내려갔다. 그는 밧줄이 담긴 나무통을 열다가 소스라치고 말았다. 나무통 안에 작은 꼬마 한 명이 잠들어 있었기 때문이다.

남자는 꼬마를 깨워서 통 밖으로 끌어냈다. 그는 꼬마를 데리고 갑판으로 나가 다른 사람들을 불렀다.

"이 아이가 창고 나무통 안에 숨어 있었습니다."

남자들이 당황해서 웅성거리는 가운데 그들을 헤치고 키 큰 노인 한 명이 걸어 나왔다.

"아니, 너는 그때 그 꼬마가 아니냐?"

노인이 묻자 은태는 어색하게 웃었다.

"안녕하세요."

"네가 왜 여기 있느냐?"

"그게…… 아저씨들을 따라가고 싶어서 오늘 새벽에 몰래 배에 탔어요."

"맙소사."

누군가가 탄식하는 소리가 들렸다. 노인이 물었다.

"너희 부모님도 아시느냐?"

"아니요."

"그럼 부모님 몰래 나온 거야?"

"음, 네. 아저씨들을 따라가겠다고 편지를 남기긴 했지만요."

"맙소사."

노인이 고개를 저었다. 노인의 옆에 있던 남자가 물었다.

"어떡할까요? 다시 마을로 돌아갈까요?"

"그럼 일정이 많이 늦어져."

노인은 짐짓 화가 난 표정으로 은태를 내려다봤다. 은태는 겁이 나서 움츠러들었다.

"애야, 지난번에 말했다시피 우리는 아주 위험한 곳으로 간단다. 애들이 따라가면 안 되는 곳이야. 그래서 너를 데려갈 수 없다고 했던 거고."

은태는 기어들어 가는 목소리로 말했다.

"시키는 건 뭐든지 할게요. 말도 잘 들을게요."

"네가 할 일은 아무것도 없어."

"그럼…… 방해되지 않을게요."

"허허, 이것 참."

노인은 무릎을 굽히고 은태의 눈을 들여다보았다.

"그렇게도 고향을 벗어나고 싶었느냐?"

은태는 고개를 끄덕였다. 노인은 한참 동안 은태를 응시하다가 한숨을 쉬었다.

"어쩔 수 없지. 그러면 얌전히 있겠다고 약속하렴."

"네!"

은태가 재빨리 대답했다. 노인은 돌아서며 남자들에게 말했다.

"인원이 한 명 추가된 것 같소. 다만 좀 작은 친구니까 친절하게 대해 줍시다."

8.   가
              족

   산속은 항상 평화롭고 조용했다. 가끔 새가 지저귀는 소리를 제외하면 이따금 잎을 스치고 가는 바람 소리가 전부였다.

   이 조용한 산속에서 그나마 소음을 만들며 살아가는 건 '검은 달' 가족이 전부였다. 그래도 소음이라고 해봤자 서로가 조용히 나누는 몇 마디 대화가 전부였다. 가족 간에는 많은 말이 필요 없었다. 눈빛만 봐도 서로가 무슨 생각을 하는지 알 수 있었기 때문이다.

   검은 달은 사냥을 나가서 짐승을 잡아 올 때마다 식량을 주는 자연에 감사했다. 그는 혼자 사냥을 나갈 때도 있었지만 대부분은 그의 아내 '밝은 별'이 함께였다.

때로는 아이들과 함께 사냥에 나설 때도 있었다. 딸이 집을 지키고 있을 때는 아들과, 아들이 집에 있을 때는 딸과 사냥에 나섰다. 그의 아들 '푸른 잎'은 밖에 나가면 사냥보다 장난을 치는 것을 더 좋아했다. 반면 딸 '붉은 잎'은 항상 진지하게 사냥에 임했다.

검은 달은 딸이 나중에 크면 자신보다 더 뛰어난 사냥꾼이 되리라고 생각했다. 그의 아내도 그의 생각과 같았다. 하지만 그렇다고 푸른 잎을 걱정하지는 않았다. 모든 이는 각자의 삶의 방식이 있다는 걸 그들 부부는 잘 알고 있었기 때문이다.

사냥감을 잡아서 산 중턱에 있는 집으로 돌아오는 길은 항상 몸이 가벼웠다. 아이들도 신이 나서 재잘거리며 부모를 따라왔다. 삶은 그렇게 매일 같은 방식으로, 하지만 늘 평화롭게 흘러갔다. 그리고 검은 달은 그 익숙한 평화에 늘 감사했다.

9. 아낙

 시장에 갔다 오는 길이면 아들은 늘 신이 나 있었다. 어린 아들은 사탕을 넣어 불룩해진 입으로 시장에서 본 것들을 재잘거렸다. 오명윤 역시 아들의 손을 잡고 걸으며 아들이 하는 말에 즐겁게 맞장구쳐 줬다.
 "맨날 시장 갔으면 좋겠어."
 어린 아들의 말에 오명윤은 미소를 지었다.
 "아이고, 맨날 시장 가면 살림 거덜 나."
 "그래도 맨날 시장 갔으면 좋겠어."
 "이다음에 돈 많이 벌어서 네가 먹고 싶은 거 실컷 다 사 먹어."
 모자가 그런 말을 주고받는 동안 시원한 바닷바람이

두 사람의 머리칼을 스치며 지나갔다. 해안 마을에 자주 부는 기분 좋은 바람이었다.

오명윤은 아들과 함께 마을 입구를 지나가다 입구에 있는 공고문 앞에 멈춰 섰다.

"엄마, 왜 그래?"

아들이 물었다. 공고문을 읽던 오명윤이 말했다.

"한적도 알지?"

"한적도? 저기 바다 건너에 있는 섬?"

"그래. 거기서 어떤 큰 행사를 한대. 그래서 행사 때 짐을 나르고 음식을 만들어 줄 사람들을 구한다네."

공고문을 읽어 내려가던 오명윤의 눈이 커졌다. 임금이 상당했기 때문이다.

"아무래도 엄마가 이 일을 해야겠다."

"엄마가 짐을 나른다고?"

"아니, 음식을 만드는 일을 해야겠어. 돈을 많이 준대. 돈 많이 벌어서 우리 아들 먹을 간식 사야지."

그 말에 아들의 얼굴이 환해졌다.

"좋아!"

10. 쓰레기

한태신이 장롱을 뒤지는 동안 어머니는 그의 바짓가랑이를 붙잡고 매달렸다.

"태신아, 제발 그만해. 돈 없어."

"개소리하지 마! 돈 있잖아!"

한태신은 소리를 지르며 어머니를 뿌리쳤다. 어머니는 그만 방바닥에 엉덩방아를 찧고 말았다. 어머니가 훌쩍거리며 말했다.

"진짜야, 돈 없어. 네가 저번에 다 가져갔잖아."

한태신은 장롱 속에 있는 이불을 끄집어내 헤집다가 소리를 질렀다.

"돈 어디 있어?"

"없다니까……."

"있잖아! 어디 있냐고!"

그는 어머니의 어깨를 붙잡고 마구 흔들었다.

"내가 이번에 크게 따서 지금까지 잃은 거 다 메울 테니까 마지막으로 한 번만 더 빌려줘, 제발!"

"없다고, 이 녀석아!"

어머니가 손을 내저으며 부르짖었다.

"이놈아, 제발 그만해. 돈 없어."

"내가 진짜 다 갚을게. 한 번만 더 빌려줘."

"제발 그만 좀 해라."

"씨발 진짜! 돈 내놓으라고!"

그는 어머니를 흔들다가 팽개친 뒤 이번에는 부엌으로 가서 찬장 문을 거칠게 열어젖혔다. 뒤따라온 어머니가 그를 붙잡았다.

"없어, 없어!"

"놔!"

그는 찬장에 있는 그릇을 모조리 끄집어냈다. 그릇들이 바닥에 떨어지면서 와장창 깨졌다. 찬장을 헤집던 한태신은 찬장 안쪽 깊숙한 곳에서 작은 주머니 하나를 발견했다.

"안 돼!"

어머니가 부르짖으며 그를 붙잡았지만 그는 어머니를 뿌리치고 주머니를 열었다. 주머니 안에는 동그랗게 말린 지폐 한 다발이 들어 있었다.

한태신이 그 돈을 들고 나가려 하자 어머니는 그를 끝까지 잡고 늘어지다 결국 그에게 매달려 끌려 나갔다.

"태신아, 그 돈은 안 돼!"

"이거 놔."

그는 어머니를 뿌리치려고 했지만 어머니는 필사적으로 매달렸다.

"그거 우리 집 전 재산이야! 그것만큼은 안 돼!"

"놓으라니까!"

그는 소리를 지르며 어머니를 거칠게 밀었다. 그러자 어머니는 흙바닥에 쓰러지고 말았다. 어깨를 붙잡고 신음하던 어머니는 곧 소리 내어 울기 시작했다.

그 모습을 보고 한태신은 잠시 머뭇거렸지만 결국 그는 어머니를 두고 대문 밖으로 뛰쳐나갔다. 그는 잰걸음으로 거리를 걸으며 눈물을 닦았다.

"빌어먹을, 그러니까 놓으라고 했잖아."

그는 중얼거리며 연신 눈물을 훔쳤다.

골목을 돌아 들어가자 골목 안쪽에 그가 늘 들락거리는 도박장이 보였다. 그는 도박장 앞에서 떨리는 손으로 주머니에 넣어 둔 돈다발을 꺼내 세어 봤다.

흙바닥에 쓰러져 울던 어머니가 생각났다. 그는 잠시 망설이다가 이내 도박장 안으로 들어갔다.

'따서 돌려주면 돼.'

그는 진심으로 그렇게 생각했다.

그날 저녁 한태신은 가져온 돈을 모조리 잃고 빈털터리가 된 채 도박장을 나섰다. 그는 멍한 얼굴로 터벅터벅 집까지 걸어갔지만 결국 대문 앞에서 발길을 돌렸다. 차마 집으로 들어갈 수가 없었다.

그는 거리를 걸으며 소리 죽여 울었다. 예전에는 어머니에게 미안하다는 말을 자주 했지만, 이제는 미안하다는 말도 하지 않았다. 사실 그런 말을 하는 게 무슨 의미가 있는지도 알 수가 없었다.

한태신은 한동안 멍한 얼굴로 유령처럼 걸어 다니다가 마을 중앙에 있는 게시판 앞에서 발걸음을 멈췄다.

"이제는 진짜 일자리도 구해 봐야 하는데……."

그는 괜찮은 일자리가 있는지 찾으려고 게시판을 훑

어봤다. 그러다가 그의 눈에 공고문 하나가 들어왔다.

"생체 실험?"

신약 개발을 위해 제국군 연구소에서 생체 실험 지원자를 모집한다는 광고가 붙어 있었다. 공고문에는 이미 동물 실험까지 무사히 끝난 약품을 실험하는 것이므로 안전하고 부작용이 없는 실험이라고 씌어 있었다.

천천히 광고를 읽던 한태신은 실험 지원자에게 지급하는 액수를 보고 눈이 번쩍 뜨였다. 오늘 어머니에게서 빼앗은 돈의 세 배가 넘는 돈이었던 것이다.

흙바닥에 쓰러져서 울던 어머니가 다시 떠올랐다. 그 생각을 하자 그는 다시 눈물이 났다.

'그래, 도박으로 돈을 따지 못했다면 이런 식으로라도 돈을 마련해야지.'

그는 자신이 평생 어머니에게 효도라는 것을 한 번이라도 해본 적이 있는지 자문했다. 아버지가 돌아가신 후 어머니는 안 해본 일이 없었다. 그는 그런 어머니에게 늘 안쓰러움과 미안함을 느꼈지만 도박을 끊을 수가 없었다.

'젠장, 왜 계속 눈물이 나는 거야.'

그는 계속해서 흐르는 눈물을 닦다가 고개를 끄덕였

다. 그래, 태어나서 처음으로 사람 구실 좀 해보자. 안전한 실험이라니까 별문제 없겠지.

그는 공고문을 다시 찬찬히 읽었다. 공고문에는 지원자들을 모아 차로 실어 가는 날짜와 장소가 적혀 있었다.

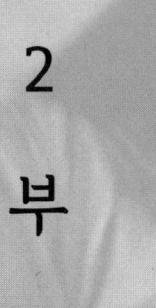

2부

아무리
시간이 지나도
바뀌지 않는 게
있단다.

11. 용 사 냥 꾼

해안에는 새벽 어스름이 자욱하게 깔려 있었다. 배가 부두에 닿자 주강진은 배에서 내렸다. 어선을 여러 번 얻어 탄 끝에 이곳까지 도착한 참이었다.

청원에서 정보원과 헤어진 직후 그는 곧바로 간단한 짐을 꾸려 광백산을 향해 떠났다. 어차피 그는 방랑에 익숙했다. 그리고 무엇보다도 세상 어딘가에 용이 아직도 있다는 말에 망설일 이유가 없었다.

주강진이 용을 마지막으로 사냥한 것이 벌써 이십 년 전이었다. 그 이후로는 용의 비늘도 구경하지 못했다. 용을 사냥하지 못하는데 용 사냥꾼이라고 할 수 있을까?

하지만 그는 이 역시 모두 운명이라고 믿었다. 용이 멸종해 버린 시대에 용 사냥꾼이 된 자신이나, 지금까지 자신의 활에 죽은 용들이나, 모두 운명이라는 강물에 떠내려가는 것이다. 그는 그렇게 믿었다.

용을 잡지 못한 지난 이십 년 동안 그는 짐승을 사냥하거나 몸을 쓰고 힘을 쓰는 다양한 일들을 하며 살았다.

그는 바람이 자신을 이끄는 대로 움직이며 살았다. 하지만 어떤 일을 하고 어디에 가든지 살용궁만은 놓지 않았다. 아마 팔면 상당한 값을 받을 수 있겠지만 그는 활과 화살을 팔지 않았다.

그 활은 그의 유일한 정체성이었다. 물론 용 사냥꾼도 곧 용처럼 멸종할 것이다. 어쩌면 그가 이 세상의 마지막 용 사냥꾼일 수도 있었다. 그러나 그렇기 때문에 살용궁은 그에게 다시는 오지 않을 지나간 시대가 남긴 마지막 표징이었다. 그것을 버릴 수는 없었다. 그리고 한번 용을 죽인 자는 죽을 때까지 용 사냥꾼일 수밖에 없었다. 손에 호미를 쥐든 붓을 쥐든, 용 사냥꾼이 결국 잡아야 할 것은 살용궁이었다. 그것이 규칙이었다.

주강진이 배에서 내린 곳은 광백산 동쪽 끝자락으로 향하는 길목이었다. 그는 반나절을 걸은 뒤에야 산 밑에 있는 작은 마을에 도착할 수 있었다.

마을 어귀에서 흙을 가지고 장난치던 아이가 그를 보고 놀라서 몸을 일으켰다. 주강진이 아무 말도 하지 않았는데 아이는 집 안으로 달아나 버렸다.

그를 보고 놀란 것은 꼬마뿐만이 아니었다. 마을 안으로 들어가서 마주친 주민들은 그에게 노골적인 두려움을 드러냈다. 외지인이 거의 찾아오지 않는 이곳에 거구의 사내가 나타났으니 그럴 만도 했다. 하지만 주강진은 개의치 않았다.

그는 작은 주막에 들어가 앉아 술과 고기를 시켰다. 주모가 음식을 가져오자 그가 물었다.

"저곳이 광백산이지요?"

"그렇소."

주모가 대답했다.

"어디서 오셨소?"

"서울에서 왔습니다."

"멀리서도 왔구먼. 여기까지는 어쩐 일이오?"

"용을 찾아 왔소."

그 말에 주모의 눈이 커졌다.

"광백산에 용이 산다는 소문이 사실이오?"

주모는 두려운 표정으로 고개를 저었다.

"이상한 양반이구먼. 그런 되도 않는 이야기를……."

"사실이오?"

주모는 혀를 찼다.

"나야 모르지, 저 산에 가 본 적이 없으니까."

"산 바로 아래에 살면서 산에 가 본 적이 없다고요?"

"우리 마을 사람들은 광백산에 가지 않아요. 옛날부터 그랬어요."

"용이 살기 때문에?"

"그런 말도 있고, 무엇보다도 저 산은 귀기 어린 산이라오. 모르지, 진짜 저 산에 용이 살고 있을지도. 봤다는 사람은 없지만 찾는 사람은 많은 것 같으니까."

"또 누가 찾았는데요?"

주모는 먼 곳을 가리켰다.

"몇 달 전에 댁이 온 방향에서 군인들이 왔었다오. 이 마을을 지나서 광백산으로 향했는데, 올라갈 때는 수천 명이었지만 내려올 때는 열몇 명뿐이었소."

"제국군이던가요?"

"그런 것 같았소."

"왜 열몇 명밖에 돌아오지 못한 겁니까?"

"말했잖소, 저 산은 귀기 어린 산이라고. 산속에 용이 사는지 악마가 사는지는 모르지만 예로부터 광백산에 들어간 사람은 살아 돌아오지 못했소. 군인들이 그 정도라도 돌아온 게 신기할 정도요."

"그 사람들이 산에서 뭘 갖고 돌아왔는지 봤나요?"

"그건 못 봤지. 그 사람들 모두 올 때처럼 이 마을을 지나쳐서 가버렸으니까."

주강진은 알겠다며 주모에게 얘기해 줘서 고맙다고 했다. 주모가 물었다.

"댁도 광백산에 가려는 거요?"

"그렇습니다."

"왜?"

"말했다시피 용 때문입니다."

그는 땅바닥에 놓은 살용궁을 가리키며 말했다.

"나는 용 사냥꾼이오."

그러자 주모는 돌아서며 고개를 흔들었다.

주강진은 주막에서 하룻밤을 잔 뒤 다음날 새벽 일찍 일어나 마을을 떠났다.

해가 뜰 무렵 그는 광백산 어귀에 들어섰다. 우거진 수풀이 검게 드리워진 그늘 밑으로 그는 걸음을 늦추지 않고 올라갔다.

12. 독립군

햇살이 쨍한 평일 오후였다. 암석은 모자에 코트 차림으로 길을 건너 맞은편에 있는 집의 문을 두드렸다. 낡았지만 세련된 서양식 집이었다.

잠시 후 노인 한 명이 문을 열고 나왔다.

"어서 오십시오."

"영감님, 잘 지내셨어요?"

암석은 노인과 인사를 주고받았다.

"저야 보다시피 편안한 노후를 보내고 있지요."

그 말에 암석은 미소를 지었다.

"이런 일을 하시면서 편안한 노후를 보내신다니, 역시 영감님은 범인이 아니시군요."

"늙으면 웬만한 일은 다 무신경해지는 법이죠. 암석님도 아마 제 나이가 되면 그럴걸요?"

두 사람은 웃으면서 계단을 올라갔다. 계단 위의 방에 이르자 노인이 문을 두드렸다.

"사장님, 손님이 오셨습니다."

들어오라는 말에 암석은 문을 열고 안으로 들어갔다.

양복 셔츠를 입은 중년의 남자가 책상에서 일어나 암석에게 다가왔다.

"어서 오시게."

"사장님."

두 사람은 악수를 나눴다.

"최근 작전도 성공적으로 해냈더군. 정말 고맙네."

"도와주신 덕분이죠. 저도 감사드립니다."

사장은 암석에게 의자를 권했다. 두 사람은 자리에 앉았다.

암석이 속한 독립군 조직의 본부는 일반적인 부잣집 가정집과 크게 다를 바 없었다. 건물 안에 있는 사람들도 평범한 신사들처럼 보였다. 그리고 암석은 그러한 분위기가 편안하게 느껴졌다.

"중요한 일이 있다면서요?"

암석의 물음에 사장의 얼굴이 진지해졌다.

"제국 육군성 쪽에 우리 쪽 정보원이 있지 않나. 그 사람이 최근에 심상치 않은 정보를 보냈네."

사장은 탁자 위에 놓인 서류를 내밀었다. 암석이 서류를 읽는 동안 사장이 설명했다.

"제국 수뇌부가 현재 대규모 군사 작전을 진지하게 고

려하고 있다는군."

"어떤 작전이죠?"

"자세한 건 모르겠네. 하지만 확실한 건, 이게 제국의 모든 병력을 총동원한 초대형 군사 작전이라는 걸세."

"다른 나라를 침공하려는 걸까요?"

"그럴 수도 있지. 하지만 정보원의 말에 의하면 이 작전은 한반도 내에서 일어날 가능성이 크다는군."

암석은 문서에 적힌 단어를 읽었다.

"'홀로 작전'……."

"그 작전의 이름일세. 지금으로서는 '홀로'라는 단어가 무엇을 의미하는지 모르겠네. 단지 작전의 규모와 동원 병력이 엄청나다는 것 정도만을 알 수 있을 뿐이지. 이 작전이 뭔지 알아내야 하네."

사장은 또 다른 문서 한 장을 내밀었다.

"이 작전에 대해 알고 있는 사람이라는군. 이자에게 접근해야 하네."

암석은 서류를 꼼꼼히 읽은 뒤 고개를 들었다.

"전 저격만 해봤지 아직까지 납치는 한 번도 해 본 적이 없습니다."

"이번에도 저격을 해주면 되네. 다른 요원들이 표적

을 납치하는 동안 접근하는 병력을 저격하는 게 자네 임무일세."

"다른 요원들은 준비됐습니까?"

"모두 대기하고 있어."

암석은 잠시 생각한 끝에 고개를 끄덕였다.

"하겠습니다."

그제야 사장은 안도의 표정을 지었다.

"고맙네."

암석은 왼쪽 손목에 걸린 묵주를 오른손으로 쓰다듬었다. 다시 한 번 신의 가호가 필요한 순간이 오고 있었다.

13. 도련님

"이 녀석아, 안 일어나!"

아버지가 소리를 지르는 바람에 이정민은 눈을 떴다.

"해가 중천이다! 아직도 퍼 자고 있어?"

그가 이불을 머리끝까지 뒤집어쓰자 아버지는 이불을 확 잡아당겼다.

"아, 또 왜 그러시오."

"왜 그러시오? 이런 싹수없는 놈을 봤나. 빨리 일어나란 말이다!"

그는 투덜거리면서 자리에서 일어났다. 그러고는 느릿느릿 아침을 먹고 느릿느릿 세수를 한 뒤 옷을 갈아입었다.

그가 막 옷을 입고 머리를 손보고 있는데 아버지가 다시 방 안으로 들어왔다.

"너 여기 좀 앉아 봐."

"왜요?"

"앉아 봐!"

그는 할 수 없이 아버지와 함께 방바닥에 앉았다.

"너 도대체 언제까지 이렇게 살 거야?"

"내가 뭘요?"

"뭘요? 야, 너 이제 스물두 살이야. 언제까지 그렇게 아무것도 안 하고 빈둥거리면서 시간만 죽이고 있을 거야? 세월 금방 간다. 정신 차려 보면 어느새 서른이고 어느새 마흔이야."

"나도 알아요."

"아는 놈이 그러고 있어?"

"거 참, 아침부터 왜 그래요? 짜증 나게."

이정민이 투덜거리자 아버지는 더욱 역정을 냈다.

"네 꼴이 한심해서 그런다, 이놈아! 도대체 언제까지 그따위로 살 거냐? 맨날 놀기만 하고, 생산성 있는 일은 하나도 안 하면서 말이다."

"꼭 뭔가를 해야 합니까?"

"그럼 지금처럼 이렇게 거지같이 살 거야?"

"내가 왜 거지예요? 아, 그만하쇼. 아침부터 짜증 나게 진짜."

그 말에 아버지는 다시 화를 내려다 간신히 화를 참으며 말했다.

"그래, 널 이렇게 놔둔 내 잘못도 크다. 네가 잘못한 건 절반은 내 탓이야. 난 너를 내버려두면 네가 언젠가는 이 아비의 길을 따를 거라 생각했다. 그래서 지금까지 널 지켜보기만 한 거야. 하지만 이제야 깨달았다. 내가 틀렸어. 넌 가만히 놔둔다고 해서 올바른 길을 갈 녀석이 아니었던 거야. 정민아, 내가 잘못했다."

이정민은 건성으로 고개를 끄덕였다.

"이제 그만하고 지금이라도 아비의 길을 따르거라."

"무슨 말이에요?"

"마법사가 되라는 말이다."

"또 그 소리!"

이정민은 짜증을 냈다.

"마법사 같은 거 안 한다니까! 옛날부터 말했잖아요."

"정민아, 우리 집안은 수백 년 동안 대대로 이어진, 이 나라에서 손꼽는 마법사 가문이다. 그리고 넌 그런 명망 있는 가문의 외동아들이야. 넌 네가 얼마나 긴 역사와 커다란 자존심을 짊어지고 있는지 아느냐?"

"모르겠는데요."

아버지는 긴 한숨을 내쉬었다.

"정민아, 이미 너에게 여러 번 말했지만, 나는 너를 처음 품에 안은 순간 너에게서 아주 강대한 마력을 느꼈다. 깜짝 놀랄 정도였지. 그리고 그 순간 하늘에 대고 맹세했다. 내 아들을 천하에서 가장 위대한 마법사로 만들겠다고 말이다. 넌 아주 뛰어난 재능이 있어. 네가 내게서 열심히 배운다면 넌 네가 상상할 수도 없을 만큼 대단한 마법사가 될 게다. 너는 금강석을 갖고 있는데 왜 그걸 모르느냐?"

"아버지처럼 마법사가 되어 푸닥거리나 하라고요?"

"푸닥거리가 뭐 어때서 그러느냐?"

"아, 됐어요. 요즘이 어떤 세상인데 아직도 마법사 타령이에요? 온 세상에 철도가 깔리고 전기가 연결되는 시대인데 무슨 마법사 타령을 하는 겁니까."

그 말에 아버지의 표정이 굳어졌다. 이정민을 바라보는 아버지의 얼굴에는 서서히 슬픔이 깃들었다.

"아무리 시간이 지나도 바뀌지 않는 게 있단다."

"그런 건 없어요."

아버지는 다시 한숨을 쉬었다.

"네 어머니가 돌아가시기 전에 나에게 그랬다. 널 꼭 위대한 마법사로 만들어 달라고."

그 말에 이정민은 눈을 치켜떴다.

"갑자기 무슨 말이에요?"

"네가 지금 이러는 건 어머니에게 죄짓는 거야."

그러자 이정민은 버럭 화를 냈다.

"갑자기 어머니 얘기가 왜 나와? 그게 왜 어머니한테 죄짓는 건데요?"

"너도 알잖느냐. 어머니는 네가 훌륭한 마법사가 되길 바랐어. 네가 마법사가 되어 어머니처럼 아픈 사람들을 위해 굿도 해주고 그들을 위로해 주면 하늘에서 어머니가 참으로……."

"됐다니까! 어머니 얘기 그만해요!"

그는 벌떡 일어나 문을 박차고 나갔다. 아버지가 그를 불렀지만 그는 신경 쓰지 않고 밖으로 달려갔다.

자기도 모르게 눈물이 났다. 그는 길을 걸으며 눈가를 문질렀다.

"빌어먹을 노인네 같으니."

어머니가 돌아가시던 날이 떠올라서 눈물을 주체할 수가 없었다. 그는 계속 눈물을 닦으면서 정처 없이 걸었다.

슬픔 속에서 한참을 걷다 보니 문득 꽃 가게 하나가 눈에 들어왔다. 그는 그 앞에 발걸음을 멈추었다.

선화 꽃집이었다.

이정민은 가게 간판을 잠시 멍하니 쳐다보다가 며칠 전 파티에서 만났던 여자를 떠올렸다.

'맞다, 그 사람이 여기서 일한다고 했지.'

혹시나 싶어서 가게 안을 들여다보자 마침 그 여자가 앞치마를 입고 일을 하고 있었다.

윤소현은 꽃을 묶어서 정리하는 중이었다. 수수한 일상복을 입고 일에 열중하는 모습이 파티장에서 봤을 때보다 더 아름다웠다. 이정민은 가게 앞에 서서 잠시 그녀가 일하는 모습을 지켜보다가 발걸음을 옮겼다. 그때였다.

"정민 씨?"

이정민은 뒤를 돌아봤다. 가게 문 앞에 윤소현이 서 있었다.

"혹시 꽃을 사러 오셨나요?"

"아니요."

"그럼 여긴 무슨 일로?"

"그냥 뭐…… 지나가는 길에 잠깐 소현 씨가 보고 싶어서 왔습니다."

그러자 윤소현은 웃음을 터뜨렸다.

"정민 씨는 정말 여전하시군요."

"소현 씨도 여전히 예쁘네요."

윤소현은 더 크게 웃었다.

"혹시 지금 바쁘세요? 바쁘지 않으면 들어오셔서 차라도 한잔하고 가세요."

"그래도 돼요? 전 괜찮지만 소현 씨한테 방해가 되지 않을까요?"

"보시다시피 지금 한가하답니다."

이정민은 고맙다고 말하며 가게 안으로 들어갔다.

가게 내부는 작긴 했지만 다양한 꽃들로 가득했다. 윤소현은 이정민을 탁자에 앉히고 찻잔을 가져와 찻주전자를 따랐다.

"방금 전에 끓인 거라 따뜻하답니다."

"고마워요."

이정민은 차를 한 모금 마신 뒤 말했다.

"가게 안에 꽃도 많고 참 예쁘네요."

"그렇죠? 오신 김에 꽃 몇 송이 사 가세요. 어머니가 좋아하실 거예요."

이정민은 쓴웃음을 지었다.

"그러죠."

윤소현은 차를 마시는 그의 얼굴을 응시하다가 말을 건넸다.

"오늘은 표정이 별로 안 좋아 보이시네요."

"뭐 별 건 아니고…… 아버지랑 아침부터 좀 다퉜거든요."

"무슨 일로요?"

"아버지는 제가 아버지를 따라서 마법사가 되길 바라세요. 전 그게 싫고요."

"정민 씨는 이미 직업이 있기 때문이죠?"

"저요? 아뇨, 전 직업 없어요. 그냥 맨날 놀기만 하는 한량입니다."

"네? 지난번에는 아름다움을 찾는 사람이라고 하지 않으셨나요?"

이정민의 당황한 표정을 보며 윤소현은 즐겁게 웃었다. 그녀가 웃는 걸 보고 그 역시 웃고 말았다.

"그래요, 그것도 틈틈이 하긴 하죠. 하지만 본질적으로는 그냥 한량입니다. 한심하죠?"

"약간?"

그들은 다시 웃음을 터뜨렸다.

"한량이라니 정말 부럽네요. 하지만 저라면 일을 하는

게 더 좋다고 생각해요."

"돈을 벌 수 있으니까?"

"돈도 중요하지만 더 중요한 게 있어요. 일을 하면 자신이 가치 있는 사람이라는 걸 스스로 발견하게 되거든요. 전 그게 좋아요. 그래서 제가 지금 하고 있는 일도 가끔 힘들 때가 있긴 하지만, 그런 힘든 순간마저도 저는 좋아요."

그 말에 이정민은 갑자기 떠오른 생각을 물었다.

"소현 씨 애인은 어떤 일을 해요?"

"왜요?"

윤소현이 웃으며 되물었다.

"그냥 궁금해서요."

"사실 전 애인 없어요."

이정민은 입이 딱 벌어졌다.

"근데 지난번에는……."

"미안해요. 하지만 지금은 애인을 만들고 싶은 마음이 없어요."

그렇게 말하는 윤소현의 얼굴에는 차분하고 은은한 미소가 어려 있었다. 이정민은 자신을 바라보는 그 얼굴에서 깊은 편안함을 느꼈다. 그는 천천히 고개를 끄덕이며 물었다.

"그러면 친구는 어때요?"

"친구는 늘 환영이죠."

그가 기대했던 말은 아니었다. 하지만 이상하게도 그 말이 그에게 안도감을 주었다. 이정민은 그녀에게 손을 내밀었다.

"그러면 친구로 다시 인사드릴게요."

그러자 윤소현도 웃으면서 손을 잡았다.

"반갑습니다."

14. 앞잡이

 기차에서 내린 뒤에도 한참을 걸어간 끝에 눈에 들어온 고향의 첫인상은 기억 속에 남아 있던 것과 크게 다르지 않다는 것이었다. 십 년이면 강산도 변한다고 했는데, 고향을 떠난 지 이십여 년이 지났지만 고향 마을의 모습은 떠날 때와 별로 달라진 게 없었다.

 마을 입구를 지나 안으로 들어가자 그의 기억 속에 있던 어린 시절의 고향이 눈앞의 모습과 합쳐졌다. 꼬마였을 때 뛰놀았던 장소들, 장난을 치다가 어른들에게 혼났던 일들. 추억이 주체할 수 없이 흘러나왔다. 집으로 향할수록 그 기억들은 점점 생생해졌고, 마침내 고향집에 도달한 순간 그 모든 추억들은 시간 속에서 꺼내어져 낙엽처럼 부스러졌다.

 삼산원은 대문 앞에서 우물쭈물하며 서 있었다. 그는 문득 어린 시절 밖에서 한참 뛰어놀다가 엄마가 밥을 먹으라며 그를 부르면 그제야 집으로 들어가던 게 생각났다. 하지만 이제 더 이상 밥 먹으라고 그를 불러줄 어머니는 없었다. 그는 그 어머니의 장례식을 위해 몇십 년의 세월 끝에 고향에 돌아온 터였다.

상복을 입은 남자 한 명이 문 앞을 지나다가 그를 발견하고 멈춰 섰다. 남자는 조심스럽게 삼산원에게 다가왔다.

"영철이냐?"

그 목소리에 그는 잠에서 깨어난 것처럼 남자를 쳐다봤다. 오랜만에 보는 형의 얼굴이었다. 형은 너무 늙었고, 초췌했다.

삼산원은 고개를 끄덕였다.

형은 천천히 그를 껴안았다. 삼산원 역시 형을 끌어안았다.

어머니의 장례식에는 생각보다 많은 사람들이 왔다. 문상을 온 사람들 중 나이 많은 이들은 삼산원을 보고 깜짝 놀라며 물었다.

"영철이 너냐? 진짜 네가 돌아온 거야?"

그들은 반가움과 슬픔이 섞인 목소리로 그를 다그쳤다. 어머니가 널 얼마나 보고 싶어 했는데 이제야 오느냐, 정말 몰라보게 컸구나.

"장가는 갔느냐?"

마을 어른의 물음에 그는 고개를 저었다.

"왜 아직까지 안 갔느냐?"

그는 싱겁게 웃기만 했다.

삼산원은 장례식장에서 밤을 지새우면서 계속 문상객을 맞았다. 처음에 그들은 삼산원을 보고 반가워하고 슬퍼했다. 하지만 삼산원은 자신과 인사한 뒤 사람들이 자신에 대해 수군거리는 걸 느낄 수 있었다. 시골 소년으로 태어나 제국의 대위가 된 그를 보며 출세했다고 부러워하는 사람도 있었지만, 식민 지배국의 앞잡이가 된 그에게 증오의 눈빛을 보내는 사람들도 적지 않았다.

삼산원은 그런 시선을 받을 때마다 애써 아무렇지 않은 척했다. 그에게는 조선인들의 그런 눈빛이 익숙했다. 적어도 지금까지는 익숙해졌다고 생각하고 있었다. 하지만 고향에 돌아와 어머니의 죽음 앞에 선 지금, 그는 남김없이 발가벗겨진 기분이었다. 그가 나고 자란 고향 사람들의 질시는 다른 조선인들의 그것과는 달랐다. 그는 몇몇 마을 사람들이 표정에서 미처 감추지 못한 혐오감에 기가 죽었다.

'그래봤자 시골 무지렁이들이야. 출세한 내가 부러우니까 저러는 거야. 신경 쓰지 말자. 한심한 조선인들 같

으니.'

그는 속으로 그렇게 되뇌며 얼굴에 쓴 가면이 벗겨지지 않게 애썼다.

조문이 어느 정도 마무리되자 사람들은 그를 둘러싸고 옛날이야기를 꺼냈다. 그들은 삼산원이 어린 시절 얼마나 말 안 듣는 철부지였는지, 홀어머니가 형과 삼산원을 키우느라 얼마나 고생하셨는지를 얘기했다. 다 알고 있는 이야기였지만 기억 속의 먼지 묻은 추억을 그들이 끄집어내 털어 내자 추억은 어느새 반질반질하게 빛났다.

그들의 말을 들으며 삼산원 역시 자기도 모르게 회상에 잠겼다. 그가 제국식 이름으로 개명하기 전, 박영철이라는 꼬마였던 시절. 그는 매일 친구들과 함께 산과 들을 뛰어다니며 신나게 놀았다. 한번은 냇가에서 고기를 잡다가 깊은 곳에 빠진 적도 있었다. 그때 형이 구해줘서 망정이지, 형이 없었다면 하마터면 죽을 뻔했다. 그때 형은 세상에서 제일 든든한 사람이었는데. 그는 옆에 앉은 형을 보며 생각했다. 형이 언제 이렇게 늙었을까. 어린 시절 그 젊고 기운찬 청년은 어디로 간 걸까.

영철이라는 꼬마는 하루 종일 뛰어놀다가 엄마가 밥을 먹으라고 부르면 집으로 뛰어가서 엄마가 해준 밥을 먹고 곧바로 잠이 들었다. 친구들과 놀지 않을 때는 집에서 키우던 강아지랑 같이 놀았다. 그 개는 그가 고향을 떠나고 얼마 후 죽었다고 한다. 죽은 건 개만이 아니었다. 고향 친구 중 몇 명은 벌써 세상을 떠났다.

그는 생각이 나는 고향 친구들의 이름을 한 명씩 읊었다. 모두 잊은 줄로만 알았는데, 그 이름들은 그의 영혼 깊숙한 곳에 생생히 묻혀 있었다. 그는 무덤 같은 그 이름들을 캐서 한 명씩 입에 담았다. 그 친구는 지금 어떻게 지내요?

어른들은 자세히 답해 주었다. 여전히 고향에 사는 친구들도 많았지만 도시로 떠난 사람도 있었다. 누구나 젊었을 때는 도시로 떠나 뭔가를 이루고 싶어 했다. 삼산원 역시 마찬가지였다. 그는 유난히 성공에 목마르던 소년이었다. 그는 자신처럼 도시로 떠나 연락이 끊긴 친구들의 이야기를 들으며 알 수 없는 회한에 잠겼다. 그는 그제야, 자신을 기다리던 어머니의 마음을 조금이나마 이해할 수 있었다.

친구들을 하나씩 되새기다가 '선자'라는 이름이 나왔다. 그의 소꿉친구였던 여자애였다. 그 이름을 듣자 입술이 떨렸다. 얼굴에 미약하게 경련이 일었다. 그는 애써 담담하게 물었다.

"선자는 어떻게 됐어요?"

그는 안 좋은 대답이 나올까 봐 두려웠다. 하지만 어른들은 시원스럽게 대답했다.

"다른 곳으로 이사 갔어. 어디 갔다더라? 기억이 안 나네."

아무튼 온 집안 식구가 이사를 갔다고 한다. 그것도 벌써 옛날 일이다. 그가 고향을 떠나고 얼마 안 지나서 선자네도 마을을 떠났다.

그 이야기를 듣자 기억 속에서 둑이 무너지듯 추억이 쏟아져 나왔다. 선자와 보낸 어린 시절. 선자는 툭하면 자신이 나중에 크면 그에게 시집오겠다고 말하곤 했다. 그는 그 말을 장난으로 취급했지만 선자는 항상 진지했다.

마을 사람들이 돌아간 뒤 삼산원은 밤새 잠을 이루지 못했다. 그는 자신에게 시집오겠다던 그 어린 소녀를 떠올리며 벽에 기대고 웅크린 채 밤을 지새웠다.

선자는 지금 어떻게 됐을까.

누구에게 시집을 갔을까.

나를 기억하긴 할까?

제국의 개가 된 그를 보면 선자는 뭐라고 할까. 알 수 없었다. 그는 뜬눈으로 밤을 지새웠다.

삼산원은 고향에서 며칠을 더 머물다가 서울로 돌아왔다. 그는 형에게 해야 할 일이 많아서 그만 돌아가야 한다고 말했다. 그의 말은 반은 진심이었지만, 한편으로는 형과 함께 있기가 미안해서 하루빨리 고향을 떠나고 싶은 마음도 있었다. 왜 미안한 마음이 드는지는 자신도 알 수 없었다. 그는 다음에 다시 오겠다고 말하며 기차역에서 형과 헤어졌다. 형은 말없이 그를 배웅했다.

서울로 돌아온 다음 날, 삼산원은 비서를 불렀다.

"사람을 하나 찾았으면 하는데."

삼산원은 사무적인 목소리를 취하며 말했다.

"내 고향 사람이네. 김선자라는 사람이야. 그 사람이 지금 어디서 살고 있는지 찾았으면 하네."

비서는 알겠다고 하고 방을 나갔다.

사무실에 남겨진 삼산원은 침묵 속에서 홀로 앉아 있었다. 고향을 다녀온 이후로 과거가 현재를 옭아매서 벗어나기가 어려웠다. 그는 그 깊은 수렁 같은 기분에 잠긴 채로, 자신이 이래서 여태 고향을 가지 않았던 것임을 깨달았다.

 '선자를 찾아서는 안 되는 거 아닐까.'

 만약 그녀를 찾게 된다면 그는 정말 견딜 수 없을 것이다. 그녀가 누구와 결혼해서 어떤 아이를 낳고 어떻게 살고 있든, 그는 쏟아지는 과거의 폭포 속에서 견딜 수 없을 것이다.

 하지만 그는 과거의 목소리를 도저히 무시할 수 없었다. 어머니의 죽음이 그의 목덜미를 잡고 놓아주지 않았다.

 자신을 영철이라 부르던 어머니의 목소리.

 그리고 자신을 부르며 웃던 선자의 목소리.

 삼산원은 축축해진 눈가를 닦았다.

15. 마법사들

오랜만에 온 서울은 깜짝 놀랄 만큼 발전하고 변화한 모습이었다. 박도준은 하늘 높이 솟은 건물들을 올려다보며 벌어진 입을 다물지 못했다. 그 모습을 보며 진상연은 웃음을 지었다.

"세상이 많이 달라졌습니다. 그중에서도 서울은 크게 달라졌죠."

그러면서 그는 한숨을 쉬었다.

"기술이 발전할수록 마법사들은 점점 구시대의 유물이 되어 가고 있습니다. 아마 곧 닥쳐올 미래에는 세상에서 마법사가 완전히 사라질지도 모릅니다."

박도준은 말없이 고개를 끄덕였다. 서울처럼 번잡하고 빠른 곳은 아니었지만, 황해도에서 살던 그 역시 예전부터 그렇게 생각하던 바였다. 시대의 흐름은 서울뿐만이 아니라 그 어디에서도 피해 갈 수 없었다.

그들은 여관에서 하루를 묵은 뒤 다음 날 여관 근처에 있는 건물 안으로 들어갔다. 그곳에서 전국 마법사 대회의가 열릴 예정이었다. 두 사람이 예정보다 일찍 도착했기 때문에 아직 팔도의 마법사들이 모두 모이지는 않았다고 했다. 조사연은 그중 제일 먼저 도착한 조직이었다.

박도준은 조사연의 지도자인 임태화를 만나 인사를 나눴다. 임태화는 키가 훤칠하고 이목구비가 뚜렷한 중년 사내였다. 박도준을 만난 임태화는 크게 반가워하며 그와 힘차게 악수를 했다.

"박 선생님, 와주셔서 정말 감사합니다."

"우리 민족을 위한 일이니까요. 당연히 도와야죠."

임태화는 박도준에게 조사연의 다른 간부들과 여러 마법사들을 소개시켜 줬다. 나이 어린 소년 마법사가 있는가 하면 나이 지긋한 노인도 있었지만 모두 하나같이 눈빛이 형형했다.

박도준이 그들과 인사를 나누는 사이에 또 다른 마법사 단체가 도착했다. 대한광복마법사협회였다. 박도준은 그들에 대해서도 대충 들어서 알고 있었다. 대광협의 지도자는 땅딸막하고 허연 수염을 기른 최운휘라는 노인이었다. 조사연과 대광협은 서로 반갑게 인사를 나눴다. 임태화는 최운휘에게 박도준을 소개시켜 줬다.

"오, 황해도에서 오신 박 선생님."

박도준은 최운휘가 자신을 알고 있는 것에 놀랐다.

"정말 반갑습니다."

최운휘는 작은 체구의 노인이었지만 박도준은 그와 손을 잡았을 때 억센 손아귀에 살짝 놀랐다.

다른 마법사들이 오기 전에 조사연과 대광협은 먼저 의논을 시작했다. 시국에 대한 이야기가 나오자 모두 진지한 표정으로 변했다.

"현재 제국은 전쟁에서 점차 밀리고 있는 상황입니다. 여기에 우리가 광진여 대마법서를 꺼내 신의 힘을 사용한다면, 마지막 일격을 가해서 제국을 무너뜨릴 수 있을 것입니다."

임태화의 말에 최운휘는 고개를 끄덕였다.

"그렇습니다. 대마법서의 봉인을 해제한 후에야 더 자세히 알 수 있겠지만, 우리가 신을 소환하면 그 힘으로 충분히 식민 지배를 끝낼 수 있을 것입니다."

듣고 있던 박도준이 물었다.

"그런데 광진여 대마법서로 불러내는 신의 힘은 구체적으로 어떤 특성과 능력을 가지는 겁니까?"

임태화가 대답했다.

"고대 문서에 따르면 그 마법서로 신을 창조하여 소환

할 수 있고, 그 신은 마법 시전자가 원하는 것을 이루어 준다고 합니다."

"마법 시전자가 원하는 것을 무엇이든 들어준다는 건가요?"

"거의 모든 것이죠. 대신 단 한 개만."

"하나만?"

"그렇습니다. 그렇기에 우리는 대마법서로 소환한 신에게 제국을 물리치고 우리 민족이 완전한 자주독립을 하게 해달라고 소원을 빌어야 합니다. 그것을 위해 팔도의 도력이 높은 마법사들께서 모여야 하는 것이죠."

최운휘가 말했다.

"신에게 소원을 빌 때는 가급적 구체적으로 말하는 게 좋을 것 같습니다. 조선이 독립한 뒤에 어떤 나라가 될 수 있도록 도와달라고 말입니다."

"그럼 소원이 두 개가 되는 거 아닌가요?"

"그러니 소원을 최대한 구체적으로 말해야지요. 가령 '이 나라가 해방이 되어 자유 민주주의 국가가 되게 해 달라'는 식으로 말입니다."

그러자 임태화가 말했다.

"그렇다면 조선이 이상적인 사회주의 국가가 될 수 있

도록 제국으로부터 해방되게 해 달라고 말해야겠군요."

그 말에 최운휘는 눈살을 찌푸렸다.

"사회주의 국가?"

"그렇습니다. 이 나라는 독립 이후 가장 이상적인 국가 체계를 갖춰야 할 테니까요."

박도준은 대광협 마법사들의 얼굴에 당혹스러운 빛이 스치는 것을 느꼈다. 최운휘가 말했다.

"임 선생님, 사회주의는 문제가 많은 체제입니다. 이 나라를 사회주의 국가로 만들 수는 없어요."

그 말에 임태화는 눈을 치켜떴다.

"그게 무슨 말이십니까. 사회주의는 모든 인민이 평등한 이상적인 체제입니다. 제국에서 해방되더라도 이 나라가 자본주의에서 해방되지 못한다면 그것은 반쪽짜리 해방일 뿐, 완전한 해방이라고 할 수 없습니다."

"임 선생님, 진심으로 하시는 말씀입니까?"

최운휘의 물음에 임태화는 단호하게 대답했다.

"진심입니다. 저뿐만 아니라 우리 조사연의 모든 가족들이 이미 결정한 바입니다."

그러자 최운휘의 얼굴이 심각해졌다.

"저희 대광협은 그 주장에 반대합니다. 대광협은 제국

뿐만 아니라 사회주의와 같은 위험한 사상으로부터의 완전한 해방을 지향하기 때문입니다."

"위험한 사상이라니, 어찌 그런 말을 하실 수가 있습니까?"

임태화의 목소리가 살짝 커졌다.

"최 선생님, 저희는 단지 모든 인민이 평등한 국가를 만들고자 할 뿐입니다. 그게 어째서 위험하다는 것인지요?"

"그렇다면 여러분은 사유 재산을 없애고 모든 생산 수단을 국유화해야 한다고 생각하십니까?"

"물론입니다. 그것이 자본주의의 모순을 극복하기 위해서는 필수적인 방법이기 때문입니다."

최운휘는 한숨을 쉬었다.

"그게 정말 말이 된다고 생각하십니까? 사유 재산이 없는 나라가 어떻게 존재하고 어떻게 발전할 수 있겠습니까?"

"사유 재산이 없어야 국가는 진정한 발전을 할 수 있는 것입니다."

대광협의 한 마법사가 고개를 저으며 중얼거렸다.

"말이 안 통하는군."

논쟁은 한참 이어졌다. 하지만 그들은 평행선 같은 두 입장을 서로 좁힐 수가 없었다. 조사연과 대광협이 추구하는 국가의 모습은 서로 너무나 달라서 도저히 양립할 수가 없었던 것이다. 그리고 두 단체 모두 서로의 이상을 인민에 대한 독으로 간주했다. 논쟁은 점점 목소리가 커졌고, 급기야 삿대질을 하며 소리를 치기에 이르렀다.

  결국 그날의 회의는 파행을 맞고 말았다. 처음 만났을 때 화기애애했던 분위기는 온데간데없이 서로에 대한 비난 끝에 임태화가 자리에서 벌떡 일어나 조사연의 마법사들을 이끌고 밖으로 나가 버렸다. 최운휘 역시 더 이상 볼 것도 없다는 듯 회의장을 나가 버렸다.

  "잠깐만요, 이렇게 다들 나가버리시면 어떡합니까?"

  박도준은 안타까워하며 그들을 붙잡으려 했으나 양쪽 다 박도준의 말을 무시했다. 결국 회의장에는 박도준 혼자 남겨지고 말았다.

16.   원정대

항해는 일주일 정도 더 이어졌다. 그 일주일 동안 은태는 배 위에서 남자들과 많이 친해졌다. 남자들은 은태에게 간식을 주며 귀여워했다. 덩치가 큰 남자들이 보기에 은태는 작은 강아지나 인형만 했기 때문에 귀여워하는 것도 당연했다.

은태는 남자들이 시키는 잔심부름을 자처했다. 그는 갑판 위를 열심히 뛰어다니며 항해에 조금이라도 도움이 되고자 했다. 물론 조그마한 은태가 도움이 되는 경우는 거의 없었지만, 은태의 존재만으로도 사람들은 즐거워했기 때문에 은태도 나름대로 충분히 제 몫을 한다고 볼 수 있었다.

은태는 남자들과 모두 친했지만 그중 가장 친한 것은 당연히 노인이었다. 은태는 그를 '할아버지'라고 불렀다. 노인 역시 은태에게 친절하고 다정했다. 다만, 은태가 보기에 노인은 어쩐지 자주 슬퍼 보였다. 특히 은태가 항해의 목적이 무엇이냐고 물을 때면 그랬다.

"이 배는 어디로 가는 거예요?"

은태가 물을 때마다 노인은 고개를 저었다.

"그건 말하기 어렵단다. 네가 이해할 수 없는 일이야."

은태는 다른 사람들에게도 물었지만 그들 역시 은태에게 대답을 해주지 않았다. 하지만 은태는 어렴풋이 그들의 목적지가 위험할 뿐만 아니라 대단히 중요한 일과 관련된 것이라고 느꼈다. 남자들은 자기들끼리도 목적지에 대해선 쉽게 입에 올리지 않았다. 그 얘기가 나오려고 하면 그들은 입을 다물었다. 옆에 은태가 있어서만은 아니었다. 은태가 보기에 그것은 이 항해의 끝에 있는 뭔가에 대한 두려움 때문인 것 같았다.

은태는 노인이 이 항해의 지도자라는 것을 알게 되었다. 선장과 다른 뱃사람들이 노인에게 자주 길을 물었기 때문이다. 노인은 이 배에 탄 사람 중 유일하게 길을 제대로 알고 있는 사람 같았다. 또한 다른 사람들 역시 노인에게 존중 이상의 신뢰와 존경심을 보였다. 노인은 남에게 뭔가를 시키는 경우가 없었지만, 사람들은 자연스럽게 그를 지도자로 대했다.

어느 날 저녁을 먹은 뒤 은태는 갑판 위로 나갔다가 노인을 발견했다. 노인은 먼 밤바다를 바라보고 있었다.

"할아버지."

은태는 노인의 곁으로 다가갔다.

"무슨 생각하세요?"

노인은 바다를 보며 대답했다.

"약속을 생각하고 있단다."

"무슨 약속이요?"

"옛날에 했던 약속."

노인이 한숨을 쉬었다.

"나를 살려준 이에게 했던 약속인데, 그 약속을 지키지 못할 것 같구나."

"왜 약속을 못 지켜요?"

"더 많은 사람을 살리기 위해서란다."

은태는 잠시 생각하다가 조심스럽게 물었다.

"그럼 어쩔 수 없는 거 아닌가요?"

그러자 노인은 힘없이 고개를 저었다.

"하지만…… 나를 살려준 이를 결국 죽여야 할 것 같아서."

그 말에 은태는 덜컥 겁이 났다. 할아버지가 무슨 말을 하는 거지?

은태는 노인이 누구와 무슨 약속을 한 것인지 궁금했다. 하지만 노인의 얼굴이 너무 무겁고 쓸쓸해 보여서 은태는 더는 묻지 못했다.

노인은 한참 동안 말없이 바다를 응시하다가 이윽고 한 손으로 은태의 어깨를 쓰다듬었다.

"밤바람이 차구나. 그만 들어가자."

돌아서는 노인의 뒷모습을 보며 은태도 노인을 따라갔다. 그리고 노인이 방금 한 말이 무슨 뜻일까 생각했다.

17. 가족

 검은 달은 자리에서 벌떡 일어났다. 방금 꿨던 꿈 때문에 머리가 어지러웠다.
 꿈에서 본 광경이 아직도 눈앞에 생생했다. 그는 잠시 앉아 있다가 기분을 털어내기 위해 집 밖으로 나왔다. 아내는 이미 밖에 나와 있었다.
 "아이들은?"
 검은 달이 밝은 별에게 물었다.
 "둘 다 놀러 나갔어."
 검은 달은 입을 다물었다. 밝은 별은 남편이 평소와 다르다는 걸 눈치채고 물었다.
 "왜 그래?"
 "꿈을 꿨어."
 검은 달은 꿈 내용을 말해도 될지 망설였다. 하지만 그는 결국 어렵게 말을 이었다.
 "꿈속에서 당신과 우리 아이들이 적의 공격을 받고 죽었어. 나 역시 온몸이 피투성이였지."
 밝은 별의 얼굴도 일그러졌다. 하지만 그녀는 이내 고

개를 저었다.

"그냥 안 좋은 꿈일 뿐이야. 너무 신경 쓰지 마."

"예감이 좋지 않아. 예지몽 같아."

"꿈은 꿈일 뿐이야."

"꿈이 현실을 내다보는 흐린 창이라는 걸 당신도 알잖아."

검은 달은 무거운 표정으로 하늘을 올려다보았다.

"아무래도 운명이 우리에게 경고하는 것 같아."

"당신이 요즘 신경이 예민해져서 그런 꿈을 꾼 거야. 너무 신경 쓰지 마."

밝은 별이 웃으면서 말했다.

"꿈은 흐린 창이기 때문에 현실을 왜곡시켜서 보여주지. 그래서 우리의 마음속에 실체 없는 잔상을 남기는 거야. 걱정하지 마. 이 산속에는 우리밖에 없잖아."

그 말에 검은 달은 자기도 모르게 화를 냈다.

"제국군이 우리 집을 습격했던 걸 잊었어?"

밝은 별의 얼굴이 굳었다. 그녀는 변명하듯 말했다.

"하지만 아무도 크게 다치지 않았잖아."

"그렇지만 우리가 지키던 보물을 빼앗겼지."

시간이 꽤 지난 일이었지만, 검은 달에게는 어제 일처

럼 생생했다. 물론 아내의 말처럼 그들 가족은 크게 다치지 않았다. 하지만 검은 달은 침략자들의 눈에 서렸던 광기를 생각하면 여전히 등골이 서늘했다. 침략자들은 엄청난 피해를 입었지만, 기어이 검은 달의 물건을 훔쳐서 달아나는 데 성공했다. 수십 년이 지났지만 검은 달은 그 생각을 하면 여전히 분노를 느꼈다.

아무리 생각해 봐도 어처구니없는 일이었다. 하찮고 우습게 보던 놈들이었는데…….

"애들이 나간 지 얼마나 됐어?"

검은 달이 물었다.

"한참 됐지."

"무슨 일 생긴 거 아냐? 걱정되는데."

말이 끝나자마자 아들이 그를 부르는 소리가 들렸다.

"아빠!"

푸른 잎과 붉은 잎이 그들에게 달려왔다.

"너희들 지금까지 어디 있었니?"

"냇가에서 놀고 있었어요."

천진하게 웃고 있는 아이들을 보며 검은 달은 불안과 안도가 섞인 한숨을 내쉬었다.

"얘들아, 당분간은 밖에 나갈 때 조심하거라."

"왜요?"

"아빠가 안 좋은 꿈을 꿨거든. 예감이 좋지 않단다."

"어떤 꿈인데요?"

붉은 잎의 물음에 검은 달은 주저하다가 대답했다.

"아무튼 좋지 않은 꿈이란다. 당분간은 우리 가족 모두 조심하자."

아이들은 고개를 끄덕였다. 하지만 검은 달은 아이들이 자신의 불안을 눈치채지 못했다는 것을 알고 있었다. 그는 그 사실에 마음이 무거우면서도 한편으로는 안도가 되었다.

18. 아낙

　해안가에서는 뱃사람과 인부들이 바쁘게 오가며 물건을 날랐다. 목조 자재 같은 것도 있었고 천막을 짓는 데 쓰는 것들도 있었다. 인부들이 배에 짐을 싣고 나면 배가 한적도를 향해 출발했다.

　오명윤은 해안가에서 뱃사람과 인부들이 먹을 밥을 지었다. 반찬을 만들고 전도 부쳤다. 오명윤은 음식을 만들면서 같이 요리를 하는 다른 아낙들에게 한적도에서 무슨 행사가 열리는 거냐고 물었지만 다른 아낙들 역시 모르기는 마찬가지였다. 그들도 그저 돈을 많이 준다기에 오명윤처럼 와서 음식을 만들고 있을 뿐이었다.

　지글지글 지지는 전 냄새가 맛있게 풍겼다. 점심때가 되자 오명윤과 아낙들은 갓 지은 밥과 반찬을 뱃사람과 인부들에게 날랐다.

　남자들이 밥을 다 먹고 나간 뒤 한가해지자 오명윤과 아낙들도 밥을 먹었다. 식사를 마치고 상을 치우고 있는데, 흰 두루마기를 입은 남자 몇 명이 대화를 하며 걸어오다가 그중에서 키가 큰 남자 한 명이 오명윤과 부딪혔다.

그 바람에 그녀는 그만 그릇을 땅에 떨어뜨리고 말았다.

"아이고, 죄송합니다. 괜찮으십니까?"

오명윤과 남자는 함께 깨진 사기그릇 파편을 주웠다. 남자는 그릇을 줍다가 옆에 서 있던 다른 남자들에게 말했다.

"그럼 아까 말씀드린 대로 부탁드립니다. 이따가 봅시다."

다른 남자들은 그 남자를 두고 떠났다. 오명윤은 자기가 치우겠다고 했지만 남자는 그릇 파편을 마저 주워 식탁 위에 올렸다.

"여기서 일하시는 분이신가요?"

오명윤이 묻자 남자가 웃으면서 대답했다.

"그렇습니다. 선생님도 여기서 일하세요?"

오명윤은 남자가 자신을 선생님이라고 부르자 약간 어색했지만 기분이 나쁘지는 않았다.

"맞아요, 일하시는 분들에게 음식을 만들어 드리고 있지요."

"아이고, 중요한 일 하시네."

그들은 그릇 파편을 다 주운 뒤 상을 치웠다. 남자는 자기가 상을 나르는 걸 도와주겠다고 했다. 오명윤은 괜찮다고 했으나 살가운 남자가 같이 하겠다고 우겨서 두 사람은 함께 상과 그릇을 날랐다.

"고맙습니다. 점심은 드셨지요?"

오명윤이 묻자 남자가 웃으면서 대답했다.

"바빠서 미처 못 먹었네요."

"저런! 아무리 바빠도 식사는 하셔야지. 다른 분들은 아까 다 드셨는데."

"그러게요, 오늘따라 좀 바빠서요."

오명윤은 사람들의 식탁에 오르지 않았던 전 한 조각을 내밀며 먹어 보라고 했다. 남자는 전을 한 입 베어 물더니 미소를 지었다.

"와, 이거 맛있네요."

"제가 만든 거랍니다."

"그래요? 선생님 요리 실력이 좋으시네."

"하하, 그래서 남편한테 매일 칭찬을 듣지요."

"남편분이 부럽네요."

"선생님은 결혼하셨나요?"

남자가 고개를 저었다.

"아니요."

오명윤은 전을 먹는 남자를 잠시 쳐다봤다. 처음에는

몰랐는데 남자는 어딘가 이상한 느낌이 나는 구석이 있었다. 아무래도 그의 나이를 종잡을 수가 없어서 그런 것 같았다. 남자는 처음에는 오명윤보다 어려 보였는데, 다시 보니 그녀보다 한참 더 나이가 든 것처럼 보이기도 했다. 젊은 건지 늙은 건지 알 수가 없는 이상한 사람이었다. 하지만 그래도 남자는 착하고 성격이 살가워 보였다.

남자가 한숨을 쉬며 말했다.

"저도 옛날에는 결혼을 할 뻔한 적이 있었죠. 하지만 잘 안 됐습니다."

"아이고 저런……."

"뭐 어쩔 수 없죠. 세상일이 다 마음대로 되는 건 아니잖습니까."

오명윤은 남자의 팔을 두드렸다.

"총각이었구먼. 힘을 내요. 살다 보면 좋은 인연이 있을 거예요."

남자는 쓸쓸하게 웃었다.

"고맙습니다."

오명윤은 남자에게 전 하나를 더 내밀었다. 남자는 고맙다고 하며 전을 맛있게 먹었다.

남자가 전을 먹는 동안 두 사람은 잠시 수다를 떨었다.

오명윤이 자신에게 어린 아들이 하나 있다고 하자 남자는 귀엽겠다며 맞장구쳤다.

"근데 총각, 사람들이 대체 한적도에서 무슨 일을 하고 있는 거랍니까?"

"그냥 뭐 행사 같은 걸 하는 걸로 알고 있습니다."

"행사? 총각도 잘 몰라요?"

남자는 웃으면서 얼버무렸다.

"글쎄요, 저도 자세한 건 듣지 못했어요."

오명윤은 고개를 갸웃했다.

"그렇구나. 저 섬에서 뭘 하는 건지 제대로 아는 사람이 없네. 하긴 나야 돈만 제대로 받으면 되니까."

"일당은 제대로 드릴 겁니다. 그건 확실해요."

"그럼 다행이네요."

두 사람이 그렇게 수다를 떨고 있는데 저쪽에서 한 중년 사내가 두 사람이 있는 쪽으로 다가왔다.

"선생님, 여기 계셨군요. 다른 마법사들이 찾고 계십니다."

사내가 총각에게 말했다.

'마법사?'

오명윤이 고개를 갸웃하는데 총각이 사내에게 살갑게

손짓을 하며 말했다.

"아, 박 선생님. 혹시 식사하셨소?"

"아직 안 했습니다."

"그럼 이 전 한번 맛보시죠. 여기 아주머니가 만드신 건데 아주 맛있어요."

박 선생이라 불린 사내는 처음에는 사양하다가 총각이 계속 권하자 할 수 없이 전 한 점을 받아 입에 넣더니 웃었다.

"정말 맛있네요."

오명윤도 따라 웃으며 박 선생에게 전을 한 조각 더 내밀었다.

"바쁘시더라도 식사는 하셔야지. 이것도 하나 더 드시고 가세요."

"감사합니다."

오명윤은 총각에게도 전 한 장을 더 쥐여 주며 가져가서 먹으라고 했다. 총각은 고맙다고 웃으면서 전을 들고 발걸음을 옮겼다.

19. 쓰레기

며칠 후 새벽, 한태신은 약속 장소에 나온 다른 몇 명의 지원자들과 함께 군용차에 실렸다. 그들을 태운 차는 한참을 달려 한적한 장소에 위치한 군부대처럼 보이는 곳에 도착했다.

한태신은 다른 사람들과 함께 차에서 내린 뒤 건물 안에 들어가 간단한 신체검사를 받았다. 그곳에는 나이와 성별이 제각각인 여러 사람들이 줄을 서서 검사를 받고 있었다. 한태신은 그들 역시 모두 자기처럼 돈 때문에 자원한 사람들일 거라고 생각했다.

한태신을 검사한 의사는 서류에 뭔가를 적은 뒤 그에게 밖으로 나오라고 했다. 한태신은 다른 몇 명의 지원자들과 함께 방 밖으로 나가 의사를 따라갔다.

의사를 따라서 건물 지하로 향하는 계단을 내려가자 흰 가운을 입은 여러 사람들이 바쁘게 오가고 있는 넓은 방이 나왔다. 방 안은 복잡한 전선과 튜브로 가득했는데, 그 전선과 튜브는 대부분 한가운데에 있는 네 개의 커다란 금속 캡슐들과 연결되어 있었다.

그것은 사람 한 명이 들어가서 누울 수 있을 만한 크기의 캡슐이었다. 방 안에 있는 의사와 기술자로 보이는 사람들이 비스듬하게 서 있는 그 캡슐들과 주변의 기계들을 점검하고 있었다.

한태신 일행을 데리고 온 의사와 연구원들은 캡슐 뚜껑을 열더니 데려온 지원자들에게 한 명씩 캡슐 안으로 들어가라고 했다. 지하로 내려온 지원자는 한태신을 포함해서 모두 다섯 명이었다. 연구원들은 한태신을 제외한 네 명의 지원자들을 캡슐 안에 한 명씩 눕히고 몸에 기계 장치를 연결한 다음 가죽 벨트로 팔다리를 묶었다.

"저게 무슨 실험이에요?"

한태신은 옆에 있는 의사에게 물었지만 그는 대답하지 않았다.

잠시 후 연구원들은 네 개의 캡슐의 뚜껑을 닫은 뒤 기계를 작동시켰다. 그러자 요란한 소리와 함께 방 전체가 진동하기 시작했다.

한태신은 문득 두려움을 느꼈다.

'이게 대체 무슨 실험이지?'

그는 의심스럽다는 생각이 들었지만 스스로를 진정시켰다. 동물 실험까지 모두 끝낸 안전한 실험이라고 하잖

아. 그러니까 별문제 없을 거야.

잠시 후 기계가 서서히 멈추더니 방 안의 진동도 멎었다. 기계가 완전히 멈추자 연구원들은 캡슐의 뚜껑을 하나씩 열었다.

그 순간 한태신은 눈이 튀어나올 뻔했다.

캡슐 안에 들어간 사람들이 모두 새까만 숯덩이가 되었던 것이다.

연구원들은 기다란 쇠꼬챙이로 숯덩이가 된 실험자들을 찌르면서 뭔가를 확인했다. 그런 뒤 그들의 팔다리에 묶은 벨트를 풀고 숯덩이를 캡슐에서 끄집어냈다. 연구원들이 살짝 잡아당기는데도 숯덩이는 쉽게 부서져 내렸다.

연구원들은 캡슐 안에 누워 있는 숯덩이를 모두 꺼내고 캡슐 안을 대충 닦은 뒤 한태신을 캡슐 쪽으로 끌고 갔다.

"잠깐만요, 잠깐만요!"

한태신은 끌려가면서 발버둥 쳤다.

"이거 뭐예요? 저 사람들 왜 저렇게 된 거예요?"

그가 마구 몸부림치자 방 안에 있던 군인들이 달려와 그를 꽉 붙들고 끌고 갔다. 그들은 열려 있는 캡슐 하나에 한태신을 집어넣고 벨트로 팔다리를 묶었다.

"사람 살려!"

한태신은 비명을 지르며 발버둥 쳤지만 몸을 움직일 수가 없었다.

연구원들은 캡슐의 뚜껑을 닫은 뒤 캡슐과 연결된 기계를 작동시켰다.

"살려줘! 안전한 실험이라고 그랬잖아!"

한태신은 결국 울음을 터뜨렸다. 그는 어머니를 부르며 흐느꼈다.

"엄마, 미안해……."

캡슐 안에서는 이상한 화학 약품 냄새가 났다. 잠시 후 캡슐이 진동하면서 웅웅 소리가 나더니, 화학 약품 냄새가 점점 강해지면서 온도가 급격히 상승했다.

한태신은 급격한 어지러움을 느끼다가 그만 토해 버렸다. 코에서도 피가 흘렀다. 그는 결국 정신을 잃고 말았다.

연구원들이 캡슐을 열었을 때 한태신은 기진맥진한 상태로 축 늘어져 있었다. 연구원들은 흥분해서 한태신에게 달려들어 그의 몸을 검사했다. 가물가물한 의식 속으로 연구원들이 외치는 말들이 조금씩 새어 들어왔다. 그들은 실험 과정에서 기계에 이상이 생겨 이해할 수 없는 상황이 발생한 것 같다고 떠들었다. 그러면서 한태신 같은 이상한 표본은 처음 본다고 외쳤다.

연구원들이 벨트를 풀고 한태신을 밖으로 끌어냈다. 그는 다리가 풀려 쓰러졌다. 연구원 두 명이 그를 부축해 들것에 실었다. 그는 꼬부라진 혀로 그들에게 어디로 가는 거냐고 물었지만 아무도 대답하지 않았다.

'여기서 나는 사람이 아니구나.'

그는 그 사실을 너무 늦게 알았다는 것을 깨달았다.

들것에 실려 간 한태신은 발가벗겨진 채 커다란 정육면체 유리 감옥 안에 갇혔다. 그리고 그날부터 연구원들은 그를 가지고 다양한 실험을 하기 시작했다. 주로 그의 피를 뽑거나 피부 조직을 추출하는 식이었다.

그들은 한태신에게 이상한 약을 먹이기도 했다. 그는 그 약을 다 먹지 못하고 토했다. 또한 그들은 한태신에게 뜨겁고 이상한 액체를 뿌리기도 했다. 한태신은 비명을 질렀다. 빠져나가려고 유리 벽을 주먹으로 마구 쳤지만 단단한 유리를 깰 수가 없었다.

한태신은 그들에게 제발 자신을 꺼내 달라고 빌었다.

하지만 그를 다루는 연구원들은 실험용 쥐를 다루듯 무표정했다. 그는 유리 감옥의 문이 열리고 연구원들이 들어올 때마다 그들에게 매달려 제발 살려달라고 애원했다. 하지만 실험은 멈추지 않았다.

3부

신을 믿으시오?

네.

신이 선하다고 믿으시오?

그렇습니다.

20. 용 사 냥 꾼

어두운 산속을 한창 걷던 중 주강진은 땅 위에 찍힌 희미한 발자국 여러 개를 발견했다.

'제국군의 발자국이군.'

그가 제대로 왔다는 뜻이었다.

발자국을 발견한 후로는 일이 좀 더 수월해졌다. 그는 발자국을 따라서 산을 올랐다. 산은 올라갈수록 가팔라졌다.

그가 협곡을 발견한 것은 저녁 해가 완전히 저물었을 무렵이었다. 주강진은 골짜기의 바위에 매달려 귀를 기울였다. 하지만 아무 소리도 들리지 않았다. 그는 계속해서 골짜기를 기어 올라갔다.

절벽을 올라간 그를 기다리는 것은 짙은 어둠을 품은 거대한 동굴이었다. 동굴이 하도 커서 용이 있다면 충분히 그 안에서 용이 살 수 있을 것 같았다.

주강진은 동굴 앞에서 가만히 귀를 기울였다. 동굴 안에서 스산한 바람이 불어왔다.

그는 횃불을 켜고 시커먼 동굴 안으로 들어갔다. 어둠 속을 잠시 걷다 보니 발에 뭔가가 걸렸다.

시체였다.

그는 허리를 숙이고 시체를 살펴봤다. 군복을 입은 남자의 하반신이었다. 상반신은 없었다.

동굴 안으로 들어갈수록 인간의 시체가 더 많이 눈에 띄더니, 어느 순간 찢기고 부서진 인간의 시체가 아예 산을 이루고 있었다. 시체들은 모두 제국의 군복을 입고 있었다.

시체들의 산을 지나서 계속 걸어가자 저 먼 곳에서 희미한 달빛이 비치는 게 눈에 들어왔다. 앞으로 나아갈수록 달빛이 점점 밝아지더니 어느새 주강진은 동굴 밖으로 나오게 되었다.

동굴 밖에는 숲으로 둘러싸인 넓은 평원이 펼쳐져 있었다. 그리고 그 한가운데에 용 한 마리가 똬리를 틀고 누워 있었다.

수염과 뿔이 달린 거대한 머리, 그리고 그 밑으로 이어진 아주 길고 거대한 몸통. 이것이 천하에서 가장 강력하고 상서로운 짐승이었다. 20여 년 만에 다시 만난 용은 처음 봤을 때처럼 그저 경이롭다는 느낌뿐이었다. 주강진은 그 느낌에 전율했다. 아무리 용 사냥꾼이라 해도 이 거대하고 경이로운 짐승 앞에서는 한낱 작은 인간에 불과했다.

용은 조용히 잠들어 있었다. 주강진은 횃불을 바닥에 내려놓고 어깨에 멘 활을 꺼내 화살을 메겼다. 그가 쓰는 화살은 웬만한 창보다 무거웠다.

그는 심호흡과 함께 활시위를 당겼다. 실로 오랜만에 살용궁을 당기는 순간이었다.

기회는 단 한 번뿐이었다. 살용궁이 아무리 강력해도, 단번에 급소를 노리지 않으면 용에게 큰 타격을 줄 수가 없었다. 그리고 그는 용의 급소가 어디인지 잘 알고 있었다.

그가 시위를 놓으려는 순간,

잠들어 있던 용이 눈을 떴다.

21. 독립군

스산한 새벽을 뚫고 세 대의 차가 이동하고 있었다. 죄수 호송 차량 한 대와 호송 차량 앞뒤에 붙은 두 대의 지원 차량이었다.

세 대의 차가 길모퉁이를 돌았을 때 마차 한 대가 도로 중앙을 가로막고 서 있는 것이 보였다. 움직이던 차들이 멈춰 섰다.

맨 앞에 있던 차량이 경적을 울렸지만 마차는 움직이지 않았다. 결국 지원 차량에서 군인 한 명이 밖으로 나와 마차로 다가갔다.

바로 그 순간, 총소리와 함께 남자가 쓰러졌다.

깜짝 놀란 지원 차량 안의 군인들이 밖으로 뛰어나왔다. 하지만 그들 역시 차 밖으로 나와 몇 발자국 떼기도 전에 쓰러졌다. 동시에 여러 발의 총성과 함께 세 대의 차의 타이어가 터지면서 차체가 내려앉았다.

대기하고 있던 독립군이 건물 밖으로 뛰어나왔다. 몇명이 지원 차량에 사격을 가하는 동시에 다른 사람들은 호송 차량의 유리를 깨고 안에 있던 군인들을 밖으로 끌어냈다.

지원 차량 안의 군인들이 밖을 향해 총을 쏘려고 했지만 암석의 총알이 그보다 더 빨랐다. 총알이 차량의 유리를 뚫고 들어가자 차량 안의 움직임이 멎었다.

먼 곳에서 사이렌이 울렸다. 지원 병력이 오고 있었다. 하지만 그 사이에 이미 독립군은 표적을 손에 넣은 뒤였다. 그들은 표적을 차에 태운 뒤 일사불란하게 흩어졌다.

건물 위에서 그 광경을 보고 있던 암석은 요원들이 모두 빠져나가는 걸 확인한 후 총을 챙겨 내려왔다. 가장 마지막에 움직였으니 서둘러야 했다.

자루가 벗겨지자 남자는 거친 숨을 내쉬었다. 그는 의자에 앉은 채 충혈된 눈으로 사방을 둘러봤다.

"조선 독립군 본부에 온 걸 환영하오."

사장이 말했다. 그들은 본부 건물의 지하실에 있었다.

남자는 두려운 듯 주변에 있는 사람들의 얼굴을 열심히 뜯어보았다.

"안심하시오, 당신을 해치려는 게 아니니까. 우린 당신에게 듣고 싶은 게 있어서 데려온 거요."

사장의 말에 남자가 떨리는 목소리로 물었다.

"뭘 듣고 싶은 겁니까?"

"홀로 작전."

그러자 남자의 눈이 커졌다.

"그거 때문에……."

사장은 고개를 끄덕였다.

"홀로 작전이 뭡니까?"

남자는 이마의 땀을 닦았다.

"조선인을 대규모로 학살하려는 작전이오."

그 말을 듣자 암석의 심장이 거세게 뛰기 시작했다. 사장이 물었다.

"무슨 목적으로?"

"이유는 나도 모르겠소. 나 역시 미친 짓이라고 생각하고 있으니까. 이 작전을 참모들은 모두 반대하고 있는데 총통만이 막무가내로 밀어붙이고 있는 거요."

"이해가 안 되는군. 총통이 대체 무슨 생각이죠?"

"정확한 목적은 나도 모르오. 하지만 총통은 오래전부터 그 작전을 구상해 왔고, 최근에 그 작전을 위해 광백산 동굴에서 뭔가를 가져왔다고 합니다. 뭔지는 묻지 마시오, 나도 모르니까."

"광백산? 총통이 거길 갔다고요?"

암석이 물었다.

"총통이 직접 간 게 아니라 특수부대를 보냈소. 거기서 뭔가를 가져왔는데, 그게 홀로 작전과 관련이 있는 것 같소."

"조선인을 얼마나 죽이려는 겁니까?"

사장이 물었다.

"정확한 규모는 아직 구체화되지 않았지만, 총통은 최소 수백만 명을 말하고 있소."

"수백만 명?"

암석과 사장이 동시에 외쳤다.

"그렇소. 그리고 중요한 건 그 많은 사람들을 단시간에 죽여야 한다는 거요."

"아니, 도대체……."

사장이 중얼거렸다. 그 모습을 보며 남자는 고개를 끄덕였다.

"당신이 보기에도 총통이 미친 거 같죠? 나도 그렇게 생각했고, 그래서 그 작전을 막으려다 이 꼴이 된 거요."

방 안에는 잠시 침묵이 흘렀다. 암석은 오른손으로 왼손의 묵주를 만졌다. 그 모습을 보고 남자가 물었다.

"신을 믿으시오?"

암석이 대답했다.

"네."

"신이 선하다고 믿으시오?"

"그렇습니다."

어둠 속에서 남자의 눈이 번뜩였다.

"그럼 총통을 막으시오. 아마 그것이 신이 원하는 일일 거요."

22.   도
                 련
                 님

다음날 이정민은 선화 꽃집에 들렀다. 윤소현이 그를 반갑게 맞이했다. 그는 윤소현에게 꽃 한 다발을 사고 싶으니 예쁜 꽃을 추천해 달라고 했다.

윤소현이 장미 한 다발을 추천하자 그는 바로 그 꽃을

계산한 다음에 그녀에게 내밀었다. 어안이 벙벙해진 윤소현에게 이정민이 말했다.

"소현 씨에게 드리고 싶어서 샀어요. 소현 씨처럼 예쁘지 않나요?"

윤소현은 잠시 당황했지만 이내 웃음을 터뜨렸다.

"정민 씨, 사람을 놀라게 하는 데 능숙하시군요."

"친구로서 드리는 겁니다."

윤소현은 웃으며 꽃을 받았다.

"그럼 친구로서 받을게요."

그다음 날도 그는 꽃집에 들렀다. 윤소현이 오늘은 꽃은 안 사줘도 괜찮다고 하자 그는 꽃을 사러 온 게 아니라고 말했다.

"그냥 지나가는 길에 소현 씨가 보고 싶어서 잠깐 들어왔어요."

그러면서 그는 백화점에서 산 초콜릿을 내밀었다.

"이건 선물."

그녀는 다시 웃음을 터뜨렸다.

"이것도 친구로서 주는 건가요?"

"물론이죠."

"자꾸 받기만 해서 미안하네요."

"그럼 일 끝나고 저랑 저녁 같이 드시는 게 어때요? 소현 씨 시간을 저한테 주세요."

그녀는 잠시 망설이는 듯했지만 그녀를 가만히 쳐다보며 대답을 기다리는 정민을 보고는 결국 고개를 끄덕였다.

윤소현의 일이 끝나기도 전에 이정민은 꽃집 앞에서 그녀를 기다렸다. 두 사람은 함께 저녁을 먹은 뒤 거리를 산책했다. 대화가 잘 통해서 그들은 자주 웃었다.

그다음 날도 두 사람은 함께 저녁을 먹고 산책을 했다. 윤소현은 이정민과의 대화가 점점 더 편안해지는 듯했다.

그다음 날도, 그리고 그다음 날도, 이정민은 그녀가 일을 하는 날이면 선화 꽃집에 들러 꽃을 사거나 그녀에게 작은 선물을 건넸다. 어떤 날은 아예 꽃집에서 그녀의 일을 도와주기도 했다.

그렇게 몇 달이 지나자 그들은 어느새 자연스럽게 친구에서 연인으로 이어지는 다리를 건넌 뒤였다. 그들이 두 번째로 만났을 때 윤소현은 애인이 필요 없다고 했었지만, 이정민은 그녀가 사실 마음속 깊은 곳에서는 진정한 사랑을 원하고 있었다는 걸 어느 순간부터 생생하게 느낄 수 있었다.

"네가 뭘 원하든, 난 네가 원하는 사람이 될게."

그녀를 안고 이정민은 속삭였다.

"그게 내가 세상에서 가장 원하는 거야."

23. 앞잡이

어린 시절 삼산원은 마을에서 사고뭉치로 유명했다. 어머니는 그에게 그렇게 매사에 말썽을 부리고 다니면 아비 없는 자식 소리를 듣는다고 자주 나무랐다. 하지만 혼날 때만 잠시였고, 이내 그는 밖으로 나가 산으로 들로 뛰어놀기 바빴다.

그때 그의 곁에는 항상 선자가 있었다. 그가 어딜 가든 선자는 그를 졸졸 따라다녔다. 삼산원보다 세 살 어렸던 선자는 눈이 크고 얼굴이 말간 아이였다. 그는 선자를 데리고 온 마을을 쏘다녔다.

두 사람은 마을에서 제일 친한 소꿉친구였다. 삼산원은 여름에는 선자와 함께 냇가에서 하루 종일 물장구를 치며 놀았다. 그가 물을 튕길 때마다 선자는 깔깔거렸다. 그는 선자가 웃을수록 기분이 좋았다.

혹한의 추위가 몰아닥치는 겨울에도 그들은 꼭 붙어 다녔다. 배가 고파서 홀쭉해진 두 꼬마는 밖에서 놀다가 추위를 견딜 수 없을 때면 서로를 껴안았다. 그렇게 안고 있으면 삼산원의 가슴에 선자의 심장이 뛰는 게 느껴졌다. 그 작은 심장 박동은 그의 가슴을 두드리는 얕은 노크 같았다.

선자는 어린 시절부터 나중에 크면 삼산원에게 시집가겠다는 말을 곧잘 했다. 그는 그럴 때마다 웃어넘겼다. 하지만 어느 정도 커서도 선자는 부끄럼 없이 그런 말을 했다. 그래서 그 역시 어느 순간부터 자연스럽게 나중에 선자에게 장가를 가게 될 거라고 생각했다.

두 사람의 관계를 깨뜨린 것은 삼산원 자신이었다. 그는 어머니와 형과 함께 사는 게 좋았고, 무엇보다도 선자와 함께 있는 게 좋았다. 하지만 커갈수록 시골이 지긋지

굿해졌다. 가난은 더욱 지겨웠다. 가난은 몸에서 도저히 떼어낼 수 없는 커다란 거머리 같았다. 물장구를 치고 동네 아이들과 노는 게 더 이상 재미가 없어졌을 때, 그는 도시로 떠나기로 결심했다.

그가 떠나겠다고 하자 선자는 눈물을 줄줄 흘리며 그를 붙잡았다. 그 역시 눈물을 흘리며 선자에게 성공해서 꼭 돌아오겠다는 말을 주워섬겼다. 하지만 선자는 성공하지 않아도 좋으니 자기 옆에 있으라며 애원했다.

자신이 어떻게 선자를 남겨두고 떠날 수 있었는지, 그는 기억하지 못했다. 스스로도 믿어지지 않았다. 어쩌면 애초부터 그는 그런 사람이었는지도 몰랐다. 제국군이 되어 조선인을 때려잡는 것도 마찬가지였다. 가끔은 스스로도 믿어지지 않았다. 난 언제부터 이렇게 된 것일까. 나에게 무슨 일이 일어나서 이렇게 된 걸까. 지금의 날 보면 선자는…… 뭐라고 할까.

어쩌면 그게 두려워서 그는 지금까지 고향으로 돌아가지 못한 것일 수도 있었다. 그를 알던 사람들이 달라진 그를 보고 어떤 반응을 보일지 두려워서. 혹은, 그가 원래 이런 사람이었다는 걸 그들이 이제야 알게 되면 어떤 반응을 보일지 두려워서. 그래서 그는 오랜 세월 고향으로 돌아가지 못했다. 결국 그를 기다리던 어머니는 끝내 그를 만나지 못하고 죽었다.

형은 어머니가 임종 직전 삼산원의 이름을 불렀다고 말했다. 서울로 돌아온 후에야 그는 자신이 어머니를 죽였음을 깨달았다. 성공해서 고향으로 돌아가겠다고 맹세했지만, 그토록 간절히 원하던 성공은 그를 고향으로 돌아가지 못하도록 짓눌렀다. 그는 자신의 성공이 어머니를 죽였음을 깨달았다. 그리고 선자 역시 어머니처럼 그를 기다렸을 것이다.

삼산원이 기차에 오른 후에도 선자는 차창 밖에서 하염없이 울었다. 기차가 출발하자 선자는 기차를 따라오다가 그만 주저앉아 버렸다. 창밖으로 점점 멀어지는 선자를 보면서 기차 안에서 삼산원도 눈물을 닦았다. 그때는 머지않아 선자를 다시 볼 수 있으리라 생각했다. 적어도 그렇게 맹세했다.

"돌아오겠다고 했잖아."

선자가 울면서 화를 냈다.

"약속을 어겼어."

그는 선자에게 미안하다고 말하고 싶었지만 입에서 아

무 소리도 나오지 않았다. 선자 옆에는 어머니가 서 있었다. 어머니 역시 울고 있었다. 그는 힘겹게 입을 떼고 미안하다고 말하려다가 꿈에서 깼다.

아직 깊은 밤이었다. 삼산원은 침대 위에 앉아 울기 시작했다.

24. 마법사들

며칠 후 전국 팔도의 마법사 단체들이 모두 회의장에 모였다. 본인도 마법사였지만 박도준은 이렇게 많은 마법사들을 한자리에서 보는 것은 난생처음이었다. 회의장 안은 한복이나 양복 차림의 다양한 마법사들로 가득했다. 각 단체들은 옷차림만큼이나 다양한 계열들이었지만 결국 모든 단체의 성향은 크게 좌익과 우익 두 가지로 구분되었다. 그리고 그들의 성향은 둥근 탁자 주변에 둘러앉자 쉽게 드러났다.

광진여 대마법서로 제국을 물리친 후에 어떤 형태의 국가를 만들지에 대해서는 세부적인 면에서 다들 조금씩 생각이 달랐지만, 결국에는 큰 틀에서 좌익과 우익으로 나뉘었다. 그리고 그 때문에 논쟁이 벌어졌다.

며칠 전 조사연과 대광협의 논쟁도 피곤하긴 마찬가지였지만 여러 단체가 모인 지금은 정말이지 거칠기 짝이 없었다. 그들은 서로 각자의 사상을 문제 삼으며 격렬한 논쟁을 이어갔다. 하지만 논쟁에 끝은 없었다. 결국 첫 번째 마법사 대회의는 아무런 소득도 없이 끝나고 말았다.

다음 날 열린 두 번째 회의 역시 마찬가지였다. 전날과 다르게 건설적인 이야기를 하자는 데 모두가 동의했지만, 논쟁은 결국 전날처럼 우격다짐으로 흘러갔다. 아무도 서로를 설득시킬 수가 없었고 설득당하고 싶은 마음은 조금도 없는 듯했다. 결국 두 번째 대회의 역시 파행을 맞고 말았다.

박도준은 회의를 지켜보는 내내 답답한 마음을 견딜

수가 없었다. 결국 두 번째 회의도 생산성 없이 끝나려 하자 그는 자리에서 일어나 소리쳤다.

"도대체 다들 왜 이러는 것이오?"

그가 갑작스럽게 외치자 모두 그를 쳐다봤다.

"지금 이 순간에도 우리 민족은 고통을 받고 있는데 우리끼리 분열해서야 되겠소? 우리가 힘을 합쳐도 모자란데 이렇게 싸우고 있어서야 되겠느냐 이 말이오?"

"저도 그렇게 생각합니다."

임태화가 말했다.

"하지만 분열을 피하려 해도 우익하고는 도저히 말이 통하지 않는군요."

"말이 통하지 않는 건 좌익의 거칠고 순진한 사고방식 때문이 아닐까요?"

최운휘가 팔짱을 낀 채 말했다.

"그만, 그만하시오! 싸움은 이걸로 충분합니다. 왜 우리끼리 싸워야 합니까? 그놈의 사회주의건 자본주의건 그딴 것들이 도대체 뭐가 그렇게 중요하단 말입니까? 우린 힘을 합쳐야 합니다.

각자의 이상이 서로 맞지 않는다면 일단 생각이 일치하는 부분부터 집중을 해봅시다. 우리가 이 자리에 왜 모였습니까? 제국으로부터 이 나라를 해방시키기 위해 모인 게 아닙니까? 그렇다면 일단 신을 소환한 뒤 대한 독립만을 소원으로 말합시다. 그러면 되는 것 아니오?"

"그렇다면 그 소원은 누가 말할 것이오?"

임태화가 물었다.

"만약 우익 마법사 중 한 명이 신과 대화하게 된다면 틀림없이 사회주의 이념을 박멸한 나라를 만들어 달라고 소원을 빌 것 아니오?"

"그거 마음에 드는구려."

최운휘가 말하자 임태화 역시 비웃었다.

"저것 보시오. 그렇다면 가장 중요한 역할을 누구에게 맡겨야 하는 거요?"

박도준은 답답해서 가슴을 쳤다.

"다들 정말 왜 이러시오? 왜 서로를 믿지 못하는 겁니까?"

"좌익은 믿을 수 없소."

한 마법사가 이렇게 말하자 다른 마법사가 소리쳤다.

"누가 할 소리!"

그러자 회의장이 다시 시끄러워졌다. 박도준이 그들에게 싸우지 말라고 외쳤지만 그의 말은 묻히고 말았다.

결국 그날도 마법사들은 의견의 일치를 보지 못하고 다들 회의장을 박차고 나가 버렸다. 회의장에는 다시 박도준 혼자 남겨졌다.

25.   원정대

  항해가 계속되던 어느 날, 은태는 갑판 위에 놓인 사과가 담긴 통 안에 들어가서 사과를 먹고 있었다. 나무통 안에 들어가면 편안하고 따뜻했기 때문이다. 마침 통 안에 사과가 몇 개 안 남았기 때문에 은태가 앉아 있을 공간이 넉넉했다.

  은태가 통 안에서 한참 사과를 먹고 있는데 밖에서 발걸음 소리가 들렸다. 갑판 위에 남자 둘이 나타나서 대화를 시작했다.

"술은 다 떨어졌나?"

"일찌감치 떨어졌지."

높은 목소리의 남자가 대답하자 낮은 목소리를 가진 남자가 투덜거렸다.

"술도 없이 어떻게 용을 잡으러 가나?"

"용 잡을 때는 술 마시면 안 되네."

두 사람은 잠시 웃다가 조용해졌다.

"용을 사냥할 때는 안 먹겠지만 잡으러 가는 동안은 마셔야지. 두려움을 잊어야 하니까."

낮은 목소리의 말에 높은 목소리가 물었다.

"많이 두렵나?"

"그럼 자네는 안 무섭나? 죽으러 가는 건데."

"그렇게 말하지 말고."

낮은 목소리가 작게 웃었다.

"우리 중 대부분은 용에게 죽을 거야. 어쩌면 전부 죽을지도 모르지."

잠시 침묵이 이어졌다. 이윽고 두 사람은 물로 건배를 한 다음 갑판 위를 걸어 사라졌다.

통 안에서 숨죽인 채 듣고 있던 은태는 조심스럽게 밖으로 나왔다. 갑판 위에는 아무도 없었다.

은태는 할아버지의 방으로 뛰어가다가 마침 방을 나서던 노인과 마주쳤다.

"할아버지, 이 배가 용을 잡으러 가는 거예요?"

은태의 말에 노인은 눈을 치켜떴다.

"갑자기 그게 무슨 말이냐?"

"이 배, 지금 용을 잡으러 가는 거잖아요. 어쩌면 배에 탄 사람들이 모두 죽을 수도 있대요. 사실이에요?"

"누가 그러더냐?"

"우연히 들었어요."

노인은 은태를 뚫어지게 쳐다보다가 한숨을 쉬었다.

"아직도 용이 있어요?"

"그래."

"왜 용을 잡으러 가는 거예요?"

"넌 이해할 수 없는 일이다."

노인은 잠시 밤바다를 바라보다가 말을 이었다.

"그래서 위험할 거라고 처음부터 말했잖느냐."

"죄송해요."

은태는 고개를 주억거리며 대답했다.

"그래도 제가 도와드릴 수 있는 일이 없을까요?"

노인은 가만히 미소를 지었다.

"없어."

"그래도……."

"어른들이 지은 죄는 어른들이 책임을 져야지. 네가 해야 하는 일은 땅 위에서 뛰어놀고 공부하는 거야."

노인은 웃으면서 말했지만 그의 미소는 어딘가 슬퍼 보였다. 차가운 바닷바람이 두 사람을 스쳐 지나갔다.

26. 가족

사냥을 끝내고 집으로 향하는 길이었다. 먹을 게 생겼으니 집으로 돌아가는 길은 늘 몸이 가벼웠지만, 이상하게도 검은 달은 그날 기분이 좋지 않았다. 그는 전에 꾼 악몽을 생각하고 있었다.

갑자기 어딘가에서 들려온 소리에 그는 그 자리에서

멈췄다. 마치 단말마의 비명 같은 소리였다.

검은 달은 움직이지 않고 가만히 귀를 기울였다. 하지만 짧은 비명 이후에는 아무것도 들리지 않았다.

'잘못 들었나?'

그는 다시 몸을 움직였다. 하지만 집이 가까워질수록 그는 점점 더 불안해졌다.

'아니야. 아무 일도 없을 거야.'

그는 애써 스스로를 달랬다.

집 근처에 도착한 그는 아내와 아이들을 불렀다. 하지만 아무도 마중 나오지 않았다. 불안감은 더욱 커졌다. 이제 그는 공포에 사로잡혀 몸이 떨렸다.

검은 달은 근거 없는 불안에 시달리는 자신을 나무라며 천천히 산을 올라 집 안으로 들어갔다. 하지만 그 광경을 보기 직전, 검은 달은 자신이 무엇을 보게 될지 이미 알고 있었다.

아내와 아이들이 온몸에 피를 흘리며 땅에 쓰러져 있었다. 그는 그 자리에 못 박힌 듯 멈췄다. 마치 땅이 자신을 꽉 붙들고 있는 것처럼 몸을 움직일 수가 없었다.

검은 달은 천천히 아내에게 다가갔다. 밝은 별은 온몸이 난자당한 상태였다. 그 옆에 누워 있는 아이들은 더 끔찍했다. 시체가 너무 훼손되어서 아들과 딸을 구분할 수가 없을 지경이었다. 충격 때문에 머리가 하얗게 변해 버린 것만 같았다.

그때 검은 달은 뒤에서 누군가가 자신을 보고 있는 것을 느끼고 고개를 돌렸다. 그 순간 화살이 날아와 그의 눈을 꿰뚫었다. 그리고 다음 순간 그는 자리에서 벌떡 일어났다.

꿈이었다. 이번 꿈은 더욱 잔인했다.

검은 달은 꿈이 남긴 충격에서 벗어나지 못하고 그 자리에 멍하니 앉아 있었다. 그는 한참이 지난 다음에야 자신이 눈물을 흘리고 있다는 것을 깨달았다.

밖에서는 아내와 아이들이 즐겁게 노래를 부르고 있었다. 그 노랫소리가 그의 귀에는 기이한 울음소리처럼 들렸다.

27.   아낙

　오명윤은 인부들이 먹을 밥을 짓고 청소를 하는 등 잔심부름을 하면서 며칠을 보냈다. 일이 끝나고 집으로 돌아가면 어느새 해가 떨어진 뒤였다. 일이 약간 고되긴 했지만 그래도 돈을 많이 줬기 때문에 일당을 받고 나면 피로가 사라졌다.

　그날도 오명윤은 점심을 만들어 인부들에게 나르고 있었다. 그때 며칠 전에 마주친 키 큰 남자가 눈에 띄었다. 남자는 몇 사람과 함께 인부들 사이를 돌아다니며 대화를 하고 있었다.

　인부들과 뱃사람들이 밥을 다 먹고 자리에서 떠난 후에도 남자는 다른 사람들과 함께 종이를 보며 대화를 나눴다. 오명윤이 인부들이 먹은 식탁을 치우고 있는데, 대화하던 사람들과 헤어진 남자가 돌아서다가 그녀와 마주쳤다.

　"어, 선생님? 다시 보네요."

　남자가 반갑게 인사했다.

　"오늘은 점심 드셨나요?"

오명윤이 묻자 남자가 멋쩍은 듯이 웃으면서 고개를 저었다.

"아직 안 먹었습니다."

"아이고, 또 안 드시다니. 하긴 아까 보니까 총각이 되게 바빠 보이더라고요. 마침 나도 지금 점심을 들려는 참인데, 같이 먹으면 어때요?"

"오, 저야 좋죠."

그래서 두 사람은 함께 늦은 점심을 먹었다. 밥을 먹으면서 오명윤이 물었다.

"그런데 총각은 무슨 일을 하십니까?"

남자가 대답했다.

"전 마법사입니다."

"마법사요?"

오명윤은 눈을 동그랗게 뜨고 되물었다.

"마법사셨구나……. 마법사를 보는 건 처음이네요."

그러자 남자는 웃음을 터뜨렸다.

"이 마을에는 마법사가 없나요?"

"네, 없어요. 제 친정 마을에도 없었고. 마법사라니, 신기하네요. 그럼 이 행사도 마법사들이랑 관련이 있는 것인가요?"

"그런 셈이죠."

"한적도에서 무슨 행사가 열리는데요?"

"그냥 마법사들이 늘 하는 굿 같은 겁니다."

"그런데 그걸 왜 한적도에서 해요? 거긴 아무도 안 사는 무인도인데."

"음, 그게······."

남자가 나물을 집으며 말했다.

"한적도가 한반도 전체에서 마력이 가장 강한 곳이거든요. 독특한 지형과 섬을 둘러싸고 있는 바다 때문에 저희가 할 굿에 가장 어울리는 곳이 한적도예요."

"그래요? 거참 신기하네. 전 그냥 평범한 섬인 줄 알았는데."

"한적도에 가보신 적 있나요?"

"아니요, 한 번도 없어요. 물론 여기서 가까운 섬이니까 매일 보긴 하지만 가본 적은 없어요."

"저도 마찬가지입니다. 사실 한적도라는 섬이 있다는 것도 최근에 알게 됐어요. 다른 마법사들이 말해 주더라고요."

오명윤은 숟가락을 뜨며 물었다.

"마법사로 사는 건 어때요?"

"하하, 사람 사는 게 다 똑같죠, 뭐."

남자는 웃으며 대답했다.

"사실 솔직히 말하자면, 저도 어렸을 때는 제가 마법사가 될 줄 몰랐습니다. 관심도 없었고요. 근데 어찌어찌하다 보니 여기까지 오게 됐네요. 인생이라는 게 참으로 알다가도 모르겠어요."

"그렇죠. 인생은 알다가도 모를 일이죠."

오명윤의 말에 남자는 갑자기 한숨을 내쉬었다.

"인생이라는 것도 그렇고, 역사도 마찬가지입니다. 뭔가를 조금 알 것 같다 싶으면 다음 순간 아무것도 모르겠어요. 이 나라가 앞으로 어떻게 될지, 이 세상이 어떻게 흘러갈지, 이런 문제 말이에요. 선생님은 어떻게 생각하세요?"

오명윤은 잠시 눈을 깜박이다가 대답했다.

"글쎄요, 잘 모르겠네요. 전 그런 생각은 별로 안 해서요."

남자는 미소를 지었다.

"저도 그래요. 저도 그런 크고 어려운 문제들에 대해서는 잘 모르긴 합니다. 다만, 우리가 관심을 주든지 안 주든지 간에 세상이 우리를 가만히 놔두질 않네요."

그러면서 남자는 나물을 집었다.

"이것도 진짜 맛있네요."

"더 먹어요."

두 사람은 맛있게 점심을 먹었다.

28. 쓰레기

목적을 알 수 없는 이상한 실험이 거듭될수록 한태신의 몸은 점점 말라갔다. 어느새 그는 피부가 뼈에 찰싹 달라붙을 정도로 야위었다. 또한 온몸에 커다란 붉은 반점이 생겼고 피부는 사포처럼 거칠게 변해 버렸다.

그는 실험을 당하지 않을 때면 유리 감옥 구석에 웅크린 채 몸을 긁었다. 하루 종일 몸이 가려웠다. 손톱으로 몸을 긁으면 피부가 벗겨지면서 탁한 피와 진물이 흘렀다. 피와 진물에서 지독한 냄새가 났다.

연구원들은 그에게 하루에 한 끼의 식사만을 줬다. 그마저도 이상한 맛이 나는 덩어리와 물이 전부였다. 죽고 싶어서 밥을 먹지 않으려고도 했지만, 허기는 죽음에 대한 욕구보다 강했다. 하루 종일 굶다가 음식이 들어오면 그는 떨리는 손으로 허겁지겁 음식을 집어 먹었다.

어느 날 그는 음식을 먹다가 딱딱한 돌이 씹혀서 뱉어냈다. 그러자 하얀 뭔가가 튀어나왔다. 자세히 보니 그것은 돌이 아니라 치아였다. 이가 빠졌는데도 전혀 고통을 느끼지 못했던 것이다.

그다음 날은 치아 네 개가 더 빠졌다. 그와 함께 손톱마저 몽땅 빠져버렸다. 머리카락은 진작에 다 빠져서 하나도 없었고, 온몸의 피부는 붉은빛이 도는 거무튀튀한 색깔이 된 지 오래였다.

연구원들은 실험을 하지 않을 때도 유리 감옥 밖에서 그를 관찰했다. 그를 24시간 관찰하기 위해서인지 감옥 천장에는 하루 종일 전등이 켜져 있었다. 때문에 그는 낮밤을 가릴 수 없었다. 한태신은 온종일 바닥에 누워 잠이 들었다 깨기를 반복했다. 그는 꿈도 꾸지 않고 잠을 자다가 깨어나면 자신이 감옥 안에 갇혀 있다는 걸 깨닫고 소리 죽여 울었다.

"제가 대체 무슨 실험을 당하는 겁니까?"

그는 유리 밖에 있는 연구원들에게 소리쳤다.

"나한테 대체 왜 이러는 거예요?"

하지만 그를 관찰하던 연구원들은 말없이 수첩에 뭔가를 적기만 했다. 그는 다시 바닥에 쓰러졌다. 그리고 소리 죽여 울다가 잠이 들었다.

생지옥 같은 나날들이 계속되던 중, 그는 언제부터인가 자신의 몸 안에서 이상한 기운을 느끼기 시작했다. 처음에는 몸이 아파서 그런 거라고 생각했다. 하지만 그것은 고통과는 확연히 달랐다.

그 느낌은 처음에 환청으로 시작되었다. 자꾸 이상한 소리가 들려 귀를 막았지만, 귀를 막아도 그 소리는 계속되었다. 그리고 그 후에는 마치 눈꺼풀이 투명해진 것처럼 눈을 감아도 앞이 보였다. 그는 자신의 눈꺼풀이 떨어져 나갔나 싶어서 눈을 만져 봤지만 눈꺼풀은 제대로 달려 있었다.

시각과 청각에 생긴 이상 증상은 시간이 지날수록 점점 강해지고 명확해졌다. 그는 문이 닫혀 있는 방 밖에 있는 사람들이 보였고 그들이 나누는 말까지 들을 수 있었다.

그의 감각은 무너진 건물에서 빠르게 자라나는 담쟁이덩굴처럼 벽을 뚫고 밖으로 뻗어나갔다. 그리고 급기야 그는 연구소 전체를 꿰뚫어 보고 들을 수 있게 되었다.

이곳에서 벌어지는 수많은 생체 실험들은 말로 도저히 표현할 수 없을 만큼 끔찍했다. 그는 이곳이 제국군이 생물학 무기를 개발하기 위해 인간을 가지고 실험을 하는 곳이라는 사실을 알게 되었다.

연구소 곳곳에서 벌어지는 실험들이 너무 끔찍해서 그는 자신이 보고 들은 것을 모두 기억에서 지워 버리고 싶었다. 하지만 눈을 감고 귀를 막아도 이곳의 모든 것이 생생하게 인식되었다. 그것은 환각이나 환청이 아니었다. 오히려 그가 실험 이전에 눈과 귀를 통해 인식하던 것보다 더 또렷했다. 그는 웅크린 채 괴로워했다.

"제발 그만해."

그는 몸을 비틀며 신음했다.

"제발 이 모든 것을……."

그가 괴로워하는 동안 바닥에 있던 그의 몸이 서서히 허공으로 떠올랐다. 더 이상 중력이 느껴지지 않았다. 정신을 차렸을 때 그는 어느새 1미터 위의 허공에 떠 있었다.

감옥의 문이 열리더니 연구원들이 급히 뛰어 들어왔다. 그들은 한태신을 둘러싸고 흥분해서 연신 소리를 질러댔다.

그 사이 한태신은 자신의 몸 안에서 무언가가 용암처럼 부글부글 끓어오르는 것을 느꼈다. 도저히 참을 수 없는 기운이었다. 구토가 나올 것 같아 숨을 헐떡였다.

연구원들이 허공에 뜬 그를 끌어내리려고 했다. 그는 지상의 존재가 자신을 잡아당기자 강한 거북함을 느꼈다.

"이거 놔."

그는 연구원들의 손을 뿌리쳤다. 그러자 밖에 있던 군인들까지 감옥 안으로 들어와서 그의 몸을 잡아당겼다. 한태신의 몸 안에서 솟구치던 용암은 이제 목구멍까지 차올라서 금방이라도 폭발할 것만 같았다.

군인들 여럿이 달라붙어 그의 팔다리를 잡고 있는 힘껏 당겼지만 그는 허공에서 알처럼 웅크린 채 꿈쩍도 하지 않았다.

마침내 한태신은 고함을 질렀다.

"이거 놔!"

그러자 폭발과 함께 유리 감옥이 산산이 부서졌다. 그의 주변에 있던 인간들은 수수깡처럼 날아가 벽에 부딪혔다.

한태신은 지상으로 내려와서 쓰러진 사람들 사이를 지나 문을 향해 걸어갔다. 뒤에 있던 군인 한 명이 몸을 일으켜 그에게 총을 쐈다. 하지만 총알은 그의 몸에 맞고 튕겨 나가 버렸다.

한태신이 문 앞에 서서 문이 열리길 원하자 두꺼운 문짝은 요란한 소리를 내며 뜯겨 나갔다. 생각으로 문을 연 뒤 그는 실험실 밖으로 걸어 나갔다.

실로 오랜만에 보는 햇빛이 한태신의 눈을 적셨다. 그의 거무튀튀한 얼굴에서 눈물이 흘렀다. 그는 기운이 빠져 땅바닥에 쓰러졌다. 어머니가 보고 싶었다.

"집에 가고 싶어……."

그러자 그의 몸이 다시 허공에 떠올랐다. 그는 낙엽처럼 흐느적거리며 점점 높이 올라가다가, 구름처럼 바람에 실려 하늘을 떠내려가기 시작했다.

4부

조선은
독립하지 못한다.

그 사실은
내일 아침 동쪽에서
해가 뜨는 것만큼이나
분명한 사실이었다.

29. 용사냥꾼

용이 눈을 뜬 순간 주강진은 화살을 날렸다. 하지만 그와 동시에 용이 몸을 움직이는 바람에 화살은 급소를 약간 빗나가고 말았다.

비스듬히 날아간 화살은 용의 단단한 비늘을 뚫지 못하고 튕겨 나갔다. 주강진이 한 공격은 용에게 아무 타격도 주지 못했지만, 용을 놀라게 하는 데는 충분했다.

용의 시뻘건 눈이 이글이글 타올랐다. 보통 사람이라면 그 눈을 쳐다보기도 힘들 터였다. 주강진 역시 20년 만에 보는 용의 눈에서 두려움을 느꼈다.

용이 몸을 일으키며 입을 벌리자 통나무처럼 길고 두꺼운 이빨이 드러났다. 주강진은 재빨리 다른 화살을 꺼냈다. 그 순간 용이 그에게 달려들었다.

용은 거대한 몸에 어울리지 않게 날렵했다. 하지만 날렵한 것은 주강진 역시 마찬가지였다. 용이 그를 삼키기 전에 그는 몸을 날려 간신히 피했다. 그리고 옆으로 한 바퀴 구르면서 용에게 다시 화살을 날렸다. 하지만 이번에도 화살은 용의 급소를 아슬아슬하게 빗나갔다.

첫 번째 화살이 용에게 놀라움을 안겼다면, 두 번째 화살은 잠들어 있던 분노를 폭발하게 만들었다. 용은 포효하며 그에게 달려들었다.

그는 이번에도 재빨리 피하면서 화살을 쐈다. 하지만 이번에는 용이 더 빨랐다. 주강진이 시위를 당기는 순간 용은 몸을 움츠리며 화살을 막았다.

주강진은 숲속으로 뛰어갔다. 그가 나무 사이로 들어간 직후 용이 숲속으로 돌진해 들어왔다. 거목 몇 그루가 수숫대처럼 부러져 나갔다.

주강진은 부러진 나무를 뛰어넘으며 다시 시위에 화살을 메겼다. 그리고 용이 그에게 입을 벌리는 순간 용의 입안을 향해 화살을 날렸다. 그곳이 용의 또 다른 급소였다.

바로 그 순간이었다.

엄청난 기세로 용이 포효했다.

용의 입에서 터져 나오는 폭풍에 화살은 튕겨 나가고 말았다. 멀쩡한 나무 몇 그루가 부러졌고, 주강진 역시 뒤로 날아가 버렸다.

가까스로 몸을 일으켰을 때, 그의 손에는 살용궁이 남아 있지 않았다. 땅에 내동댕이쳐지면서 활을 놓치고 만 것이다. 용이 그의 코앞으로 다가왔다. 주강진은 거친 숨을 내쉬었다.

어느새 용의 뒤로 또 다른 용 세 마리가 나타났다. 한 마리가 아니었던 것이다. 주강진은 스스로를 너무 과신했다는 것을 깨달았다.

'이제 이런 일을 하기에는 내가 너무 늙었어.'

그는 자신의 최후가 자신에게 더없이 잘 어울린다고 생각했다. 용 사냥꾼이 용에게 죽는 것이니, 후회는 없었다.

주강진은 두 팔을 펼치며 용에게 말했다.

"그래, 어서 죽이시게."

그의 얼굴에 희미한 미소가 번졌다.

"어서."

30. 독립군

암석이 문을 두드리자 노인이 문을 열어주며 경쾌하게 말했다.

"오, 암석님."

"영감님."

두 사람은 서로를 안아 줬다. 노인은 암석을 데리고 위층으로 올라갔다.

"사장님, 암석님이 오셨습니다."

문이 열리자 안에는 사장과 함께 암석이 처음 보는 남자 한 명이 앉아 있었다. 암석이 들어오자 사장은 자리에서 일어나 암석과 악수를 했다. 암석은 사장의 권유대로 탁자 앞에 앉았다.

"처음 뵙는 분이군요."

모자를 벗어 탁자 위에 올려놓으며 암석이 말했다. 그러자 맞은편의 남자가 고개를 숙였다.

"저는 암석님에 대해서는 많이 들어서 익히 알고 있습니다."

"아, 그런가요? 이거 실례했습니다."

암석의 말에 사장이 웃으며 말했다.

"괜찮네. 이 친구에 대해 알고 있는 사람은 나밖에 없으니까. 그래서 이 친구가 '그림자'라고 불리지. 우리 조직의 정보원 중 한 명이라네."

그 남자는 지극히 평범해 보이는 외모에 선량한 눈매를 갖고 있었다. 그야말로 그림자처럼 군중 속에 녹아들 수 있는 사람 같았다. 남자가 입을 열었다.

"최근에 제국군과 관련된 소식을 입수했습니다. 얼마 전 제국군이 고대의 마법 주문을 손에 넣었는데, 천만 명의 목숨을 바쳐서 대악마의 힘을 소환하는 마법이라고 합니다."

"신뢰할 수 있는 정보인가요?"

암석의 물음에 사장이 대답했다.

"그렇게 보이네."

방 안에 무거운 침묵이 감돌았다. 사장이 다시 입을 열었다.

"우리가 갖고 있는 정보와 연결시켜 보면, 홀로 작전이라는 게 천만 명의 조선인을 죽여서 대악마의 힘을 얻으려는 계획인 것 같네. 물론 그 주문이 제대로 작동할지는 알 수 없어. 하지만 총통은 확실하다고 믿는 것 같네.

그걸로 세계를 정복할 힘을 얻으려는 거지."

"조선인 천만 명을 죽여서 말이죠."

"그렇지."

암석은 입술을 한 번 깨문 뒤 말했다.

"총통이 모두의 반대를 무릅쓰고 홀로 작전을 밀어붙이고 있다고 했죠? 이 작전을 취소시키려면 최대한 빨리 총통을 제거하는 수밖에 없겠군요."

"총통을 암살한다……."

사장이 중얼거렸다. 암석이 말했다.

"이렇게 하시죠. 다음 달에 전승절 행사가 열리잖습니까. 그날 총통이 사람들 앞에 나올 테니, 그때 제거하는 게 가장 빠를 것 같습니다."

"그건 힘들어. 전승절 행사는 넓은 광장에서 하는 거라 건물에서 저격할 수가 없네."

"그러니 사람들 사이에서 저격해야죠. 아마 권총으로 해야 할 것 같습니다."

"그럼 무사히 빠져나오기가 불가능하잖아."

"알고 있습니다."

사장은 암석을 빤히 바라보았다.

"사장님, 보내 주십시오. 제가 반드시 해내겠습니다.

전 자신 있습니다."

"안 돼. 너무 위험해."

"전 준비되었습니다."

암석은 희미하게 미소를 지었다.

"처음부터 각오한 일이었습니다. 아시잖습니까."

31. 도련님

그날 이정민은 아버지가 깨우지 않아도 일찍 일어났다. 설레는 가슴을 주체할 수 없어서 밤새 뒤척이느라 잠을 이루지 못했지만 피곤하지는 않았다. 그는 일어나자마자 서랍을 열고 작은 상자 하나를 꺼냈다.

붉은색 상자를 열자 작은 보석이 박힌 아름다운 반지가 드러났다. 어제 그가 백화점에서 산 반지였다. 이정민은 얼굴에 살짝 홍조를 띤 채 잠시 흐뭇하게 반지를 바라보다가 상자 뚜껑을 닫았다.

일요일이었다. 점심에 윤소현과 찻집에서 만나기로 약속한 터라 그는 재빨리 세수를 하고 옷을 갈아입었다. 차분하지만 세련된 옷을 차려입고, 머리도 평소보다 더 신경 써서 매만졌다.

오늘은 이정민의 인생에서 정말 중요한 날이었다. 아마 그녀의 삶에서도 잊지 못할 날이 될 것이다.

'청혼을 받으면 그녀는 어떤 표정을 지을까?'

외투를 입고 집을 나서면서 그는 청혼을 받은 윤소현의 모습을 상상했다. 그녀는 아마 기쁨으로 함박웃음을 짓거나 감동의 눈물을 흘릴 것이다. 그러면 그녀를 꼭 안아 줘야지.

그는 주머니에 손을 넣고 반지가 담긴 상자를 만지작거리며 시내를 걸었다. 자기도 모르게 휘파람이 나왔다. 찻집에 도착한 그는 차를 한 잔 시키고 자리에 앉았다.

약속 시간이 되자 정확한 시각에 찻집 문이 열리며 그녀가 들어왔다. 그는 그녀에게 손을 흔들었다. 그녀도 환한 표정으로 그에게 걸어왔다.

윤소현은 오늘따라 더 아름다워 보였다. 그리고, 어쩐지 묘하게 홀가분하면서도 결의에 찬 표정을 짓고 있었다. 이정민은 자신이 청혼할 거라는 사실을 그녀가 예상하고 있는 게 아닐까 하는 생각이 들었다.

'우린 정말 잘 통하네.'

그는 생각했다.

윤소현이 그의 앞에 앉자 이정민은 주머니에서 상자를 꺼냈다.

"소현아."

그는 상자를 열고 그녀에게 반지를 내밀었다.

"우리 결혼하자."

32.   앞잡이

손톱이 몇 개나 뽑히면서도 죄수는 끝내 입을 열지 않았다. 남자는 여전히 자신이 독립운동가가 아니라고 주장했다. 그 말이 너무나 진실되게 들려서 이제는 삼산원조차 그 말을 믿고 싶을 정도였다.

삼산원은 피떡이 된 남자를 무기력하게 응시했다. 도

대체 저 사람은 무엇 때문에 저렇게 저항하는 것일까. 정녕 이 나라가 독립이 될 거라고 생각하는 걸까.

이 남자가 지금 당장 죽는다고 해도 조선은 독립하지 못한다. 그 사실은 내일 아침 동쪽에서 해가 뜨는 것만큼이나 분명한 사실이었다.

그런데 눈앞의 남자는 자신이 애를 쓰면 해가 서쪽에서 뜰 것이라 믿고 있었다. 삼산원은 남자의 그 어리석음에 두려움을 느꼈다.

이 사람과 내가 같은 민족이라니.

삼산원은 그런 생각을 하다가 고개를 저었다. 감상적인 생각에 빠지면 안 된다. 그것만큼 위험한 것도 없었다. 민족이란 허상이었다. 사리 분별을 못하는 어리석은 자들만이 그런 것에 얽매였다. 멍청한 사람 같지는 않은데, 도대체 무엇이 이 사람을 이렇게까지 버티게 하는 것일까.

삼산원은 이제 민족을 넘어서 남자가 자신과 같은 인간이라는 사실마저 믿어지지 않았다. 세상에는 이런 사람도 있구나. 이런 사람은 나 같은 사람을 보면서 무슨 생각을 할까. 내가 자신과 같은 민족이라는 것을 알게 된다면, 이 사람은 나에게 뭐라고 할까.

"이제 그만하지."

삼산원의 말에 군인이 고개를 돌렸다.

"예? 좀만 더 하면 실토할 것 같은데요?"

"오늘은 여기까지 해."

삼산원은 그렇게 말한 뒤 자리에서 일어났다. 머리가 어지러웠다.

그는 사무실로 돌아와서 의자에 앉아 땀을 닦았다. 자신이 고문을 받은 것도 아닌데 이마에서 식은땀이 흘렀다. 조선인을 족칠 때마다 늘 그랬다. 삼산원은 이마를 훔친 뒤 천천히 숨을 골랐다.

두려워하면 안 된다. 두려움은 가장 큰 적이다.

그는 눈을 감고 중얼거렸다.

두려워해서는 안 된다. 여기까지 오느라 얼마나 고생했는데……

그때 누군가가 문을 두드렸다. 그는 재빨리 정신을 가다듬고 들어오라고 말했다. 비서였다.

"대위님, 괜찮으십니까?"

비서가 그의 안색을 살피며 조심스럽게 물었다. 삼산원은 헛기침을 한 번 한 뒤 말했다.

"그냥 좀 피곤해서. 무슨 일인가?"

비서가 그의 책상 위에 서류 봉투를 올려놓았다.

"지난번에 말씀하신 건에 대해서 조사한 결과입니다."

"어떤 거?"

"김선자라는 조선인 여자의 행방 말입니다."

"아……!"

그는 선자라는 이름을 듣자 머리가 잠시 멍해졌지만 재빨리 정신을 차리고 물었다.

"그래, 지금 어디 사는지 알아냈나? 남편이랑 자식은 당연히 있겠지."

"아닙니다. 이십여 년 전 우리 군이 제암리에서 일어난 폭동을 진압할 때 죽인 폭도들 중 한 명이었다고 합니다."

비서가 대답했다.

"그때 김선자의 가족도 모두 같이 죽은 걸로 확인됐습니다. 여기 자료를 확인해 보시죠."

33. 마법사들

 다시 열린 세 번째 회의에서도 마법사들은 여전히 의견 차를 좁히지 못했다. 회의는 갈수록 흙탕물 싸움이 되었고, 나중에는 논쟁 대신 서로 원색적인 비난만을 하게 되었다.

 박도준도 이제는 그들을 화해시키는 것을 포기하고 그저 무기력하게 지켜보기만 할 뿐이었다. 그는 풍전등화와 같은 나라의 운명을 앞에 두고도 서로를 비난하기만 하는 마법사들의 모습에서 안타까움을 넘어 허무함을 느꼈다.

 '이러니까 나라를 빼앗겼지.'

 그는 생각했다.

 '이런 한심한 인간들이 만약 나라를 다스리게 된다면 열 번이라도 다시 나라를 빼앗길 거야.'

 결국 그날 회의도 파행을 맞으려는 분위기였다. 그런데 그때 회의장 문이 열리더니 한 남자가 들어왔다.

 "실례합니다. 여기서 전국 마법사 대회의가 열리고 있

는 걸로 알고 있습니다. 맞습니까?"

남자의 등장에 잠시 방 안이 조용해졌다. 박도준이 그에게 다가가 물었다.

"그렇습니다. 무슨 일이시죠?"

남자는 품속에서 편지를 한 통 꺼냈다.

"저는 대한민국 임시정부에서 왔습니다. 이곳에 계신 마법사분들께 이 사실을 속히 전하라고 국무위원회 주석께서 저를 보냈습니다."

박도준은 남자가 내민 편지를 읽기 시작했다. 이윽고 그는 얼굴이 새파랗게 질렸다.

"이게 정말 사실이오?"

"그렇습니다."

"이런 정보를 도대체 어떻게 얻게 된 겁니까?"

"아마 말해도 믿지 못하실 겁니다. 정말 이상한 방식으로 정보를 입수하게 되었거든요."

"무슨 일입니까?"

최운휘가 자리에서 일어나 물었다. 박도준은 최운휘에게 편지를 건넸다. 그 역시 편지를 읽고 얼굴이 새하얗게 변했다. 무슨 일이냐고 묻는 임태화에게 최운휘가 다시 말없이 편지를 건넨다. 임태화가 편지를 읽는 동안 편지를 가져온 남자가 말했다.

"제국이 옛날에 추진했던 계획을 다시 진행하고 있다는 사실을 알게 되었습니다. 이른바 '홀로 작전'이라는 이름의 작전인데, 조선인 천만 명을 죽여서 대악마의 힘을 얻는 마법을 시행하겠다는 계획입니다."

남자의 말에 회의장 안이 찬물을 뒤집어쓴 것처럼 조용해졌다.

"제국은 현재 점차 연합군에게 밀리고 있습니다. 위태로운 상황이라 판단한 제국이 최후의 수단으로 결국 오래전에 폐기했던 홀로 작전을 다시 추진하는 것입니다. 제국은 대악마의 힘을 얻는 주문을 이미 손에 넣었답니다. 남은 것은 천만 명의 목숨을 바쳐 그 마법을 시행하는 것뿐입니다.

제국이 대악마의 힘을 사용하게 되면 전 세계의 운명이 위험해집니다. 국무위원회 주석께서는 이 정보를 입수한 즉시 여러분에게 이를 막을 방법을 묻고자 저를 보내셨습니다. 이곳에 전국의 내로라하는 마법사들께서 모두 모여 계시니, 제국의 그 사악한 마법을 막을 방법을 알고 계실 거라고요. 무슨 방법이 없겠습니까?"

박도준이 말했다.

"마법은 마법으로 막아 봐야죠."

남자가 물었다.

"방법이 있습니까?"

"있습니다. 하지만 그것을 해야 할 마법사들이 계속 다투고만 있는 중이죠."

박도준은 마법사들을 둘러보며 말했다.

"여러분이 싸우고 있는 동안 이런 일이 벌어지고 말았소. 제국은 우리 국민 천만 명을 죽여서 그 목숨으로 전 세계를 집어삼키려는 것이오.

여러분, 부끄럽지도 않습니까? 여러분이 그러고도 이 나라의 마법사들을 대표한다고 할 수 있습니까?"

무거운 침묵이 회의실을 감쌌다. 두려움과 경악이 마법사들을 짓누르고 있었다. 박도준은 말을 이었다.

"지금 당장 태백산으로 출발합시다. 가서 광진여 대마법서를 꺼내서 주문을 확인합시다. 지금은 일단 제국의 계획을 막는 것이 우선입니다. 천만 명이 죽을 위기에 처해 있습니다. 언제까지 계속 싸우고만 있을 겁니까? 이제는 힘을 합쳐야 할 때입니다."

34. 원정대

다음 날 배는 육지에 닿았다. 척박하고 스산한 땅이었다. 여기서부터는 걸어가야 한다고 했다. 남자들은 배에서 내려 총을 메고 짐을 짊어졌다. 노인 역시 무거운 짐을 들었다. 아무 짐도 들지 않은 것은 은태뿐이었다. 은태는 자신도 짐을 들겠다고 했으나 어른들은 그에게 작은 물병 하나를 주며 그것만 들라고 했다.

배에서 내려 걷기 시작한 지 반나절이 지났을 무렵, 그들은 작은 마을에 도착했다. 은태는 이런 곳에도 마을이 있다는 게 신기했다.

남자들은 마을 사람들에게 돈을 약간 내밀며 하루만 재워 달라고 청했다. 갑자기 나타난 남자들의 요구에 마을 사람들은 두려워하면서도 별도리 없이 그들을 집 안으로 받아들였다. 한편 은태는 노인과 함께 마을 중앙에 있는 작은 주막으로 들어갔다.

주막 주인이 노인에게 물었다.

"여러분은 어디서 오신 거요?"

"서울에서 왔소."

"어디로 가는 거요?"

"광백산."

노인은 짧게 대답하며 국밥 국물을 들이켰다. 노인의 말에 주인 할머니의 눈빛에 두려움이 스치고 지나갔다.

"설마……."

하지만 할머니는 그 이상 말을 하지 않았다.

마을에서 하루를 묵은 뒤 남자들은 다음 날 아침 일찍 일어났다. 은태 역시 일찍감치 일어나서 어른들을 따라가려고 했는데, 노인이 말했다.

"은태야, 넌 여기 남아 있거라."

"왜요?"

"이제부터는 진짜 위험해진다. 넌 마을에 남아 있어. 우리가 다시 돌아올 때 널 데리고 서울로 갈게."

노인은 짐짓 무심한 척 말했지만 목소리에 깊은 회한이 담겨 있었다. 은태는 고개를 저었다.

"그럼 산 아래까지만 따라갈게요."

"여기 남아 있어."

"만약 어른들이 전부 돌아가시면 어떡해요?"

은태의 말에 노인은 잠시 말문이 막힌 듯했다.

"어른들이 용과 싸우다가 모두 돌아가시면 누군가는

그 소식을 마을에 전해야 하잖아요. 그러니 제가 산 아래까지는 따라갈게요."

노인은 그럴 리가 없다고 했지만 은태는 막무가내로 매달렸다. 결국 노인은 은태의 고집을 꺾지 못했다.

광백산은 마을에서 멀지 않았다. 그들은 점심 무렵 산 아래에 도착했다.

"이제 넌 여기 남아 있거라."

노인의 말에 은태도 더는 거역하지 않았다. 은태를 놔두고 남자들은 총과 짐을 지고 산을 올랐다.

홀로 남겨진 은태는 땅에 쪼그리고 앉아 바닥에 그림을 그렸다. 하지만 그 일도 재미가 없어서 작은 돌멩이를 찾아 숲속으로 던지며 시간을 보냈다.

그때였다.

갑자기 하늘에서 천둥이 치는 듯한 커다란 굉음이 울렸다. 폭탄이 터지는 소리였다. 은태는 깜짝 놀라서 움츠러들었다.

폭탄에 이어 총소리가 났다. 그리고 뒤를 이어 짐승의 포효 소리가 들렸다. 은태가 살면서 한 번도 듣지 못한 엄청난 소리였다. 마치 광백산이 통째로 울부짖는 것만 같았다.

총소리와 폭탄이 터지는 소리, 짐승의 울부짖는 소리가 한데 뒤엉켜 쉬지 않고 계속 이어졌다. 은태는 무서워서 오들오들 떨었다.

순간, 모든 소리가 갑자기 멎었다. 굉음의 메아리만이 저 멀리 뻗어나가고 있었다. 그 후로 한참이 지나도 아무 소리도 들리지 않았다. 은태는 호기심을 참을 수가 없었다.

'어떻게 된 일인지 보기만 해야지.'

은태는 남자들이 갔던 길을 따라 산을 오르기 시작했다. 발자국이 땅에 찍혀 있었기 때문에 길을 찾기는 어렵지 않았다.

발자국을 따라 한참을 올라가자 갑자기 깎아낸 것처럼 땅이 평평해지더니 거대한 동굴이 나타났다. 발자국은 그 동굴 안으로 이어지고 있었다.

겁이 나서 동굴 앞에서 잠시 망설였지만, 두려움보다 호기심이 강했다. 결국 은태는 천천히 동굴 안으로 걸어 들어갔다.

어두운 동굴 안을 더듬거리며 걸어가자, 저 앞에 작은 빛이 보였다. 앞으로 다가갈수록 빛은 점점 커졌다. 동굴의 끝에서 햇빛이 들고 있었다.

마침내 동굴이 끝나자 눈앞에 산 중턱을 깎아낸 듯한 넓은 분지가 펼쳐졌다. 그리고 그곳에는 찢기고 피투성이가 된 시체들이 수없이 흩어져 있었다. 어떤 시체는 아예 형체조차 알아볼 수 없을 정도였다. 모두 은태와 함께 배를 타고 온 남자들이었다. 은태는 그 광경에 숨이 막혔다.

인간의 시체들 사이에 거대한 뱀 몇 마리가 피투성이가 된 상태로 뒹굴고 있었다. 자세히 보니 그것은 뱀이 아니었다. 그 동물은 머리에 수염과 뿔이 달려 있었고, 온몸이 은빛으로 빛나는 비늘로 덮여 있었다.

용이었다.

은태는 천천히 용들의 시체로 다가갔다.

그때 시체들 사이에서 피투성이가 된 용 한 마리가 머리를 들었다. 은태는 깜짝 놀라 그 자리에 멈춰 섰다.

용은 은태를 보고 커다란 눈동자를 깜박였다. 은태와 용은 잠시 그렇게 서로를 쳐다보고 있었다.

35. 가족

검은 달은 사냥을 나서는 날이 더 이상 즐겁지 않았다. 불길한 꿈을 두 번이나 꾼 뒤로는 아내와 아이들에게 사냥을 따라오지 말고 집에 남아 있으라고 했다. 아이들이 영문을 물어도 이유는 말해 주지 않고 말을 들으라고만 다그쳤다.

아내는 그를 이해하지 못했다. 아내는 검은 달과는 다른 사고방식을 가지고 있었기 때문이다. 아내 역시 자신의 꿈 이야기를 자주 했지만, 아내는 꿈을 어디까지나 정신의 파편 정도로만 여겼다.

하지만 검은 달은 달랐다. 그에게 꿈은 자신의 인식이 닿지 않는 곳에 있는 무언가가 자신의 마음속에 내려오는 현신이었다. 검은 달은 꿈이 들려주는 이야기를 믿었고, 꿈이 전하는 이야기를 주의 깊게 살피며 지금까지 살아왔다. 그리고 그 덕에 평화를 지킬 수 있었다고 그는 믿었다.

홀로 사냥을 나온 그날, 검은 달은 두 번이나 꾼 불길한 꿈 때문에 사냥에 집중할 수가 없었다. 무슨 일이 생길까 봐 아내와 아이들에게 집에 있으라고 했지만, 그 결정이 오히려 잘못된 결정일까 봐 걱정했다. 나쁜 꿈을 피하려고 내린 결정 때문에 결국 그 꿈대로 이루어질 수도 있었다. 그는 그 사실 또한 잘 알고 있었다.

그날은 산속에 짐승이 전혀 보이지 않았다. 자신의 불안한 마음이 내뿜는 냄새를 맡고 짐승들이 모두 달아난 것이라고 검은 달은 생각했다.

"사냥을 할 때가 아니다."

누군가의 목소리에 검은 달은 화들짝 놀라 뒤를 돌아보았다.

"아…… 아버지?"

그는 죽은 아버지의 혼이 숲속 한가운데에서 자신을 응시하고 있는 것을 한눈에 알아차렸다.

"네 가족에게 큰 화가 닥칠 것이다."

아버지의 말이 바람처럼 불어와 검은 달의 귀에 스며들었다.

"아버지, 이것도 꿈인가요?"

"꿈은 이미 너에게 충분히 경고했다."

그 말을 남기고 아버지는 홀연히 사라졌다. 숲속에는 다시 검은 달 혼자만이 남겨졌다.

검은 달은 잠시 우두커니 그 자리에 못 박혀 있다가 급히 몸을 돌렸다. 마음속에서 해일처럼 두려움이 몰려오고 있었다.

지금 이 상황은 꿈이 아니었다. 그는 미친 듯이 산을 타고 올라가 집으로 향했다.

"안 돼."

검은 달은 집을 향해 내달리면서 아내와 아이들을 생각했다. 머릿속에서 꿈에서 본 장면이 재생되었다. 불행을 알고 있으면서도 피하지 않은 자신의 어리석음을 저주하며 그는 미친 듯이 집을 향해 움직였다.

그 순간, 갑자기 산 전체에서 굉음이 울렸다. 그는 그 자리에 멈춰 섰다.

그리고 뒤를 이어 아내와 아이들의 비명 소리가 들렸다. 온몸을 쥐어짜 내는 듯한 절규였다.

굉음은 한참 동안 이어졌다. 검은 달은 온몸이 떨려서 몸을 움직일 수가 없었다.

하지만 다음 순간, 정신을 차리고 날 듯이 산을 올라가 순식간에 집 앞에 도착했다. 그곳에는 이미 수많은 사람들이 모여 있었다.

검은 달이 나타나자 사람들이 그를 돌아보았다. 그리

고 그중에는 그에게 익숙한 얼굴이 하나 있었다.

그 남자를 본 순간 검은 달은 무슨 일이 벌어졌는지 깨달았다. 이 순간은 꿈이 아니었다. 목에 닿은 칼날처럼 생생한 현실이었다.

36. 아낙

섬으로 자재를 나르는 일은 이제 거의 마무리된 모양이었다. 오명윤이 뱃사람들과 인부들에게 밥을 지어 주는 일도 2주 만에 끝났다.

마지막 날은 점심만 만들고 끝났기에 점심을 먹은 뒤 오명윤은 다른 아낙들과 함께 집으로 가려고 했다. 그런데 그때 한 남자가 요리하는 사람들에게 잠깐 모이라고 외쳤다. 품삯을 주는 관리자였다.

"여러분, 지금까지 수고 많으셨습니다. 그런데 한 가지 드릴 말씀이 있습니다. 내일 한적도에서 행사가 열릴 예정인데, 배를 타고 한적도로 넘어가서 음식을 만드실 분을 구합니다. 일은 하루면 끝날 예정이고, 그날 일당은 세 배를 드리겠습니다. 하실 분 계시나요?"

대부분의 아낙들이 하겠다고 했다. 오명윤 역시 흔쾌히 받아들였다.

"좋습니다. 그럼 내일은 새벽에 해안가 부두로 나오셔서 배를 타셔야 합니다. 늦지 않게 와주세요."

오명윤은 다음 날 새벽 일찍 일어나 부두로 향했다. 그곳에는 벌써 함께 일했던 다른 아낙들이 모여 있었다. 그녀는 아낙들과 부두에 서서 잠시 수다를 떨었다. 대부분 한적도에서 어떤 신기한 굿이 벌어질지 기대가 된다는 이야기였다.

그 동안 배 한 척이 부두로 다가왔다. 배에서 내린 관리자가 아낙들이 배에 오르는 걸 도왔다. 모두 배에 올라타자 배는 한적도를 향해 출발했다.

한적도는 그리 멀지 않은 곳에 있었다. 배는 출발한 지 얼마 지나지 않아 섬에 닿았다. 오명윤은 배에서 내려 주변을 한번 둘러보았다. 그녀가 알기로 이곳은 사람의 발길이 거의 닿지 않는 작은 무인도였지만, 무인도답지 않게 고즈넉하고 편안한 분위기였다. 무인도치고 예쁜 섬이라고 오명윤은 생각했다.

선선한 바닷바람이 불어왔다. 오명윤은 며칠 전 키 큰 총각이 밥을 먹으며 했던 말을 떠올렸다. 이런 작고 평범해 보이는 섬에 강력한 마력이 흐른다는 게 믿어지지 않았다. 역시 마법사들은 참 희한한 사람들이다, 오명윤은 그렇게 생각했다.

해안가 바로 위쪽은 나무가 제법 울창한 숲이었다. 배에서 내린 남자들과 아낙들은 작은 짐을 하나씩 들고 숲속으로 들어갔다.

숲속을 한동안 걷다 보니 어느새 숲이 사라지고 넓은 평지가 나타났다. 들판 위에는 천막 여러 개가 세워져 평지를 둘러싸고 있었다. 하지만 숲을 나오자마자 제일 먼저 눈길을 사로잡은 것은 들판 한복판에 있는 커다란 구조물이었다.

그것은 하얗게 칠한 나무로 지어진 조금 높고 넓은 형태의 탑처럼 생긴 구조물이었다. 높이는 사람 키보다 약간 높은 정도였지만, 너비와 길이는 오명윤이 타고 온 배보다 넓고 길었다. 2주 만에 이렇게 커다란 구조물을 지었다는 게 신기할 정도였다. 다른 아낙들도 그 하얀 구조물을 보며 입을 벌렸다.

"저게 뭐예요?"

한 여자가 물었다.

"제단입니다."

관리자가 대답했다.

"제단이요? 저 큰 게?"

"네. 저 위에 특별한 제물을 올려두고 바치는 겁니다."

아낙들을 데려온 관리자가 아낙들에게 요리를 시작해달라고 말했다. 아낙들이 천막 안으로 들어가자 어떤 요리를 만들어야 할지가 종이에 자세히 씌어 있었다. 떡부터 전까지 다양한 음식들이었다. 오명윤과 아낙들은 그 종이를 보며 미리 준비된 재료들로 음식을 하나씩 만들기 시작했다.

한창 요리를 하다 간장이 조금 부족해서 오명윤은 천막 밖으로 나왔다. 들판 위는 바쁘게 오가는 여러 일꾼들로 어수선했다.

어느새 탑 주변과 그 둘레에는 꽃과 다양한 그림들로 장식된 긴 휘장이 쳐져 있었다. 마법사들이 일꾼들에게 물건을 어디에 배치해야 할지를 꼼꼼하게 지시하고 있었다. 모두 진지한 얼굴이었지만 묘하게 잔치를 준비하는 듯한 분위기였다.

"선생님, 이거 어디로 가야 합니까?"

뒤에서 들리는 소리에 오명윤은 뒤를 돌아보았다. 인부들이 커다란 수레를 밀고 당기며 이쪽으로 오고 있었다. 수레 위에는 하얀 천으로 덮인 커다란 무언가가 놓여 있었는데, 마치 거대한 공을 실은 것 같았다.

마법사들이 인부들에게 지시를 하며 수레를 함께 끌었다. 그들은 수레를 제단 바로 아래까지 끌고 간 뒤 물건에 씌운 천을 벗겼다.

다음 순간 오명윤은 눈이 휘둥그레졌다.

수레 위에 아주 찬란하게 빛나는 거대한 구슬이 있었던 것이다. 지름이 성인 남자의 키와 맞먹는 그 커다란 구체는 깊은 바닷속처럼 푸른빛으로 빛나고 있었는데, 햇빛이 구슬에 부딪히자 눈이 너무 부셔서 얼굴을 돌릴 수밖에 없었다.

제단 위로 몇 사람이 올라가서 밧줄을 아래로 던지자, 인부들이 밧줄로 구슬을 묶은 뒤 구슬을 탑 위로 끌어올리기 시작했다. 구슬은 그 커다란 크기에 비례해 상당히 무거운 모양인지 많은 인부와 마법사들이 달라붙었는데도 쉽게 위로 올라가지 않았다.

"할아버지, 저도 도울게요."

그 소리에 오명윤은 제단에서 눈을 떼 뒤를 돌아보았다. 작고 어린 소년이 한 노인과 함께 이쪽으로 걸어오고 있었다. 열 살 정도 되어 보이는 소년은 노인의 소매를 잡아당기며 말했다.

"우리도 빨리 가서 도와줘요."

그러자 노인이 소년의 머리를 쓰다듬으며 말했다.

"넌 여기 있어라. 다칠 수도 있어."

"아니에요. 저도 할 수 있어요."

"위험해. 너는 여기서 굿이 끝날 때까지 구경하고 있거라."

노인은 그렇게 말한 뒤 제단 쪽으로 다가가더니 다른 남자들과 함께 밧줄을 잡아당겼다. 흰 수염과 백발의 노인은 나이와 어울리지 않게 건장하고 체격이 컸는데, 노인이 손을 보태자 구슬을 올리는 작업 속도가 한층 더 빨라진 것 같았다.

오명윤은 그 자리에 서서 구슬이 제단 위로 올라가는 것을 지켜보았다. 노인과 함께 왔던 꼬마도 그녀 옆에 서서 위를 올려다봤다.

마침내 커다란 구슬이 제단 꼭대기에 올라갔다. 제단

위는 구슬을 놓을 수 있도록 미리 커다란 홈이 패어 있었다. 제단 위에 있던 남자들은 구슬을 그 홈 안에 맞춰 넣은 다음, 구슬을 묶었던 밧줄을 푼 뒤 제단에서 내려왔다. 사람들이 다 내려오자 제단을 휘감고 있던 밧줄도 모두 치워졌다.

옆에 서 있던 꼬마가 노인에게 달려갔다. 노인은 꼬마와 대화를 나누며 다른 사람들을 따라 천막 안으로 들어갔다. 그 모습을 보던 오명윤은 문득 자신이 왜 밖에 나와 있었는지를 떠올리고는 몸을 움직였다.

구슬이 놓인 하얀 제단 바로 앞에 하얀 식탁 여러 개가 차려졌다. 아낙들은 음식을 정갈한 그릇에 담은 뒤 식탁 위에 올려놓았다. 마법사들은 아낙들에게 식탁 위에 음식을 어떻게 배치해야 하는지를 옆에서 하나하나 까다롭게 설명했다. 이전에 오명윤이 전을 준 박 선생이라는 마법사도 그 자리에 있었다. 박 선생은 그녀를 알아보고 반가워했다.

"아주머님도 이 섬에 오셨군요."
"네, 시작한 김에 끝까지 해보려고요."
그때 한 젊은 마법사가 그에게 다가왔다.

"박도준 선생님, 최운휘 선생님께서 급히 선생님을 부르십니다."

박도준은 알겠다고 대답하고는 오명윤에게 인사를 한 뒤 천막이 있는 쪽으로 걸어갔다.

마법사들과 아낙들은 함께 음식을 날라 여러 개의 식탁 위에 음식을 가지런하게 배치했다. 동시에 다른 마법사들과 인부들은 탑을 둘러싼 휘장을 매만졌다.

사람들이 그렇게 바쁘게 일하는 사이 공터에 악사들이 나타났다. 징, 꽹과리, 가야금, 거문고, 북, 아쟁, 태평소 등 온갖 악기를 든, 못해도 백 명은 될 법한 인원이었다. 모두 검은 옷과 모자를 쓴 악사들은 공터 곳곳에 흩어져 악기를 조율했다.

다른 마법사들 역시 악사들과 함께 배를 타고 속속 도착했다. 어느새 섬의 넓은 공터는 시장 바닥처럼 북적거렸다. 박도준을 비롯해 수백 명의 마법사들은 천막 안으로 들어가서 옷을 갈아입고 나왔다. 모두 금실로 수놓은 붉은 한복 차림이었다.

오명윤은 악사와 마법사들 사이를 지나 음식을 나르면서 그들을 구경했다. 신기해하기는 다른 아낙들도 마찬가지였다.

반나절 내내 부산을 떤 끝에 정오를 지나자 모든 준비가 갖춰졌다. 관리자가 아낙들과 인부들을 불러 모은 뒤 말했다.

"여러분, 이제 모든 일이 끝났습니다. 모두 그동안 정말 수고 많으셨습니다. 돌아가실 분은 지금 돌아가셔도 되고, 굿을 구경하실 분들은 구경하신 뒤 음식도 잡수시고 가세요."

사람들은 대부분 당연히 굿을 구경하겠다고 남았다. 오명윤도 남기로 했다.

관리자는 사람들에게 공터 밖으로 나가서 굿을 방해하지 말고 구경해 달라고 부탁했다. 오명윤과 다른 사람들은 천막이 설치된 공터의 가장자리로 나가 굿이 시작되기를 기다렸다.

그동안 박도준과 수백 명의 마법사들은 구슬이 놓인 제단을 중심으로 여러 개의 동심원을 그리며 둘러앉았다. 그들은 모두 어떤 주문이 담긴 종이를 손에 들고 있었다. 그리고 동심원의 가장자리, 마법사들의 바깥에는 악기를 든 악사들이 자리를 잡고 앉았다.

"할아버지, 저기 봐요."

오명윤은 옆을 돌아보았다. 어느새 아까 그 꼬마가 노

인과 함께 옆에 서 있었다. 오명윤은 아이가 가리킨 곳으로 눈길을 돌렸다.

천막 하나에서 한복 위에 기다란 흰색 예복을 덧입고, 그 위에 초록색 도포를 걸친 키 큰 남자가 걸어 나오고 있었다. 남자가 입은 흰색 예복은 소매가 넓고 길었으며, 초록색 도포는 아주 길고 금색 실로 수를 놓아 화려했다. 남자들이 평상시 입는 한복 차림은 아니었다.

바람이 불자 남자의 기다란 머리카락과 남자가 입은 하얀 예복, 초록색 도포 자락이 파도처럼 일렁거렸다. 마치 남자 혼자 다른 세상에 속한 듯했다.

"어?"

오명윤은 순간 반가워서 하마터면 남자를 소리쳐 부를 뻔했다. 그는 바로 그녀와 안면이 있는 그 살가운 총각이었던 것이다.

남자는 들판에 앉아 있는 마법사와 악사들 사이를 지나 하얀 제단 바로 앞까지 걸어가 공터 한복판에 섰다. 이로써 모든 사람이 제단과 남자를 둘러싸는 형태가 되었다.

오명윤은 그제야 그가 바로 오늘의 굿을 맡은 마법사라는 것을 깨달았다.

"저 총각이 여기서 제일 중요한 역할인가 보구나……."

그렇게 중얼거리는데, 악사들이 음악을 연주하기 시작했다. 넓은 들판에 제례 음악이 울려퍼지자 일순 공기의 흐름이 달라졌다.

37. 쓰레기

한태신은 무의식에 휩싸여 바람처럼 하늘을 흘러가다가 마침내 자신의 집 앞에 내려앉았다. 정신을 차려 보니 그는 집 대문 앞에 서 있었다.

다시 눈물이 흘렀다. 그는 천천히 손을 뻗어 대문을 두드렸다.

"엄마."

그는 떨리는 목소리로 어머니를 불렀다.

"엄마, 나 왔어요."

그러자 잠시 후 어머니가 문을 열고 밖으로 나왔다. 어머니는 그를 보고 놀라서 얼굴이 하얗게 질렸다.

"엄마······."

그의 흉측한 몰골에 어머니는 입을 다물지 못했다.

"태신이니?"

어머니가 덜덜 떨며 물었다. 그는 고개를 끄덕였다.

"나, 인체 실험을 당했어요."

충격에 빠진 어머니의 눈에 천천히 눈물이 차올랐다. 어머니는 떨리는 손으로 그를 껴안았다. 한태신은 불그스름하고 까만 팔로 어머니의 등을 토닥였다.

어머니가 당장 병원에 가자고 했지만 한태신은 잠을 자고 싶다면서 자기 방으로 들어가 이불을 덮어쓰고 바닥에 누웠다.

며칠이 지나도록 그는 이불을 뒤집어쓴 채 방 안에서 웅크리고만 있었다. 어머니가 방 안으로 들어오려고 하면 그는 들어오지 말라고 외쳤다.

"태신아."

어머니가 방문 밖에서 그를 불렀다.

"의사 선생님을 모셔왔어. 잠깐만 들어가게 해줘."

한태신이 안 된다고 했는데도 어머니는 방문을 열려

고 했다. 그러자 그는 정신력으로 방문을 막아 버렸다.

"방문이 안 열리네."

어머니가 난처한 듯 중얼거리는 소리가 들렸다.

"죄송해요. 문을 잠가 버렸나 봐요."

한태신이 있는 방 안으로 아무도 들어오지 못했고, 그 역시 방을 나가지 않았다. 어머니는 걱정이 되어 그에게 밥이라도 먹으라고 했지만 그는 이불을 쓴 채 괜찮다고 외쳤다.

"태신아, 너 그러다 진짜 죽어."

어머니가 방문 밖에서 말했다.

"제발 뭐라도 먹어. 벌써 일주일째 방 안에만 있잖아."

"전 괜찮아요."

그는 애써 쾌활한 목소리로 대답했다. 아무도 만나고 싶지 않았다.

어느 날 저녁, 그는 더워서 이불을 걷어찼다. 그리고 그제야 자신의 몸이 더 이상 사람이라고 볼 수 없는 지경이라는 것을 깨달았다.

더 이상 자신의 손과 발이 느껴지지 않았다. 사지가 변형되어 물컹한 덩어리로 변해 가고 있었다. 그는 하나의 커다란 세포와 비슷한 상태였다.

감각도 마치 문이 닫히듯 서서히 닫혔다. 반쯤 꿈을 꾸는 것 같은 기분이었다. 그를 걱정하는 어머니의 말소리도 꿈속에서 들리는 소리처럼 아득하게 느껴졌다.

몸이 하나의 덩어리가 되면서, 정신도 깊은 무의식 속으로 침잠했다. 시간이 흐를수록 그 현상은 심해졌다. 그리고 마침내 물렁물렁한 덩어리였던 그는 딱딱하고 커다란 고치가 되어 버렸다.

고치 안에서 한태신은 완전한 침묵 속에 잠겼다. 그의 의식은 빛이 전혀 들지 않는 무한한 침묵의 우주를 떠다녔다.

한태신은 암흑 속에서 자신의 지난 삶을 돌이켜봤다. 태어나던 그날부터 지금까지의 모든 날들이 생생하게 떠올랐다. 철없던 어린 시절, 아버지가 돌아가시던 날, 처음 도박에 손을 대던 날, 어머니의 돈을 훔치고 어머니를 윽박지르던 날들, 그리고 후회 속에서도 타락을 멈추지 못한 그 모든 시간들.

한태신은 자신의 삶을 거슬러 아래로 끝없이 내려갔다. 그리고 그의 의식은 곧 침묵과 동화되었다.

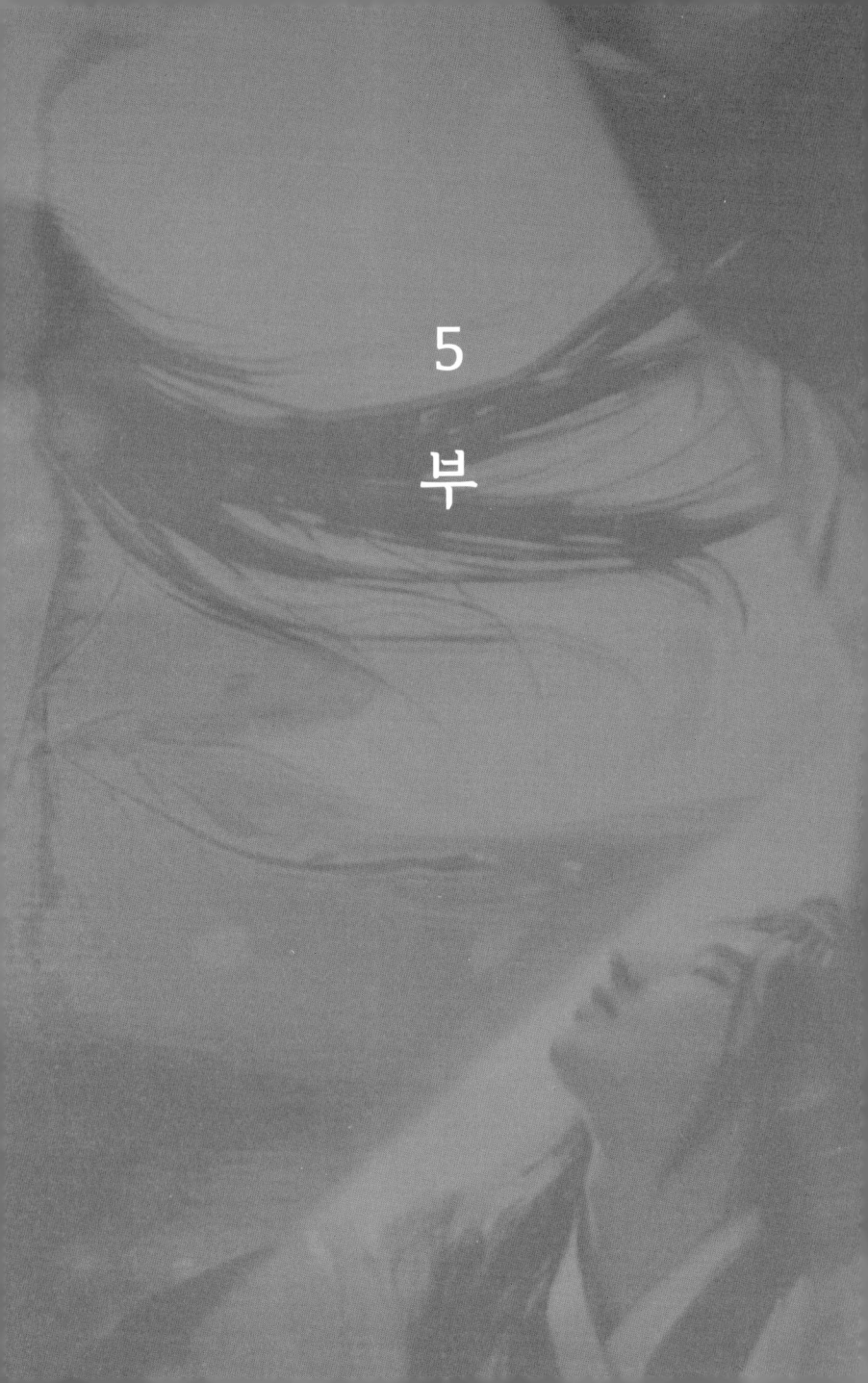

5부

그의 육신과 정신 모두
빛이 되어
산산이 해체되었다.

마침내 그는
완전한
빛이 되었다.

38. 용 사냥꾼

주강진과 용 사이에 침묵이 흘렀다. 뒤에 있던 용들이 그들에게 다가왔다. 용의 얼굴이 그에게 아주 가까이 다가와 용의 숨결이 그를 감쌌다.

"용 사냥꾼인가? 아직도 용 사냥꾼이 있다니."

용이 말했다.

"너는 무엇을 원하기에 우리를 죽이려 하지?"

용의 낮고 위협적인 목소리에 주강진은 공포를 느꼈다. 하지만 한편으로 그 목소리는 신비롭고 기이하게 들리기도 했다.

주강진이 대답했다.

"원하는 건 없다. 그저 용 사냥꾼이라서 온 것뿐이지."

"우리가 아마 이 세상에 남은 마지막 용들일 것이다."

주강진은 고개를 끄덕였다.

"나 역시 아마 마지막 용 사냥꾼일 거야."

옆에 있던 다른 용이 처음의 용에게 고개를 돌렸다. 용들은 잠시 눈빛을 교환했다.

처음에 마주친 용이 물었다.

"우리가 여기 있다는 것을 어떻게 알았느냐?"

"제국군이 이곳에서 용을 보았다는 소식을 들었다."

용들이 서로를 향해 웅웅거리는 소리를 냈다. 그들은 인간이 알아들을 수 없는 용의 언어로 대화를 나누고 있었다. 용들은 주강진을 어떻게 처리할 것인지를 놓고 서로 의견이 다른 것 같았다.

용 세 마리가 거친 숨을 내쉬었다. 처음 마주친 용이 한 말이 마음에 들지 않는 듯했다. 잠시 설전이 이어진 끝에 세 마리의 용은 몸을 돌려 동굴 안으로 향했다. 처음의 용이 다시 주강진에게 고개를 돌렸다.

"널 살려주겠다."

주강진은 용의 붉은 눈동자를 빤히 쳐다봤다.

"이유가 뭐지?"

"널 동정하기 때문이다. 넌 제국군과 달리 우리가 지키는 물건을 빼앗으러 온 게 아니라 우릴 사냥하러 왔다고 했다. 사냥은 모든 짐승이 하는 일이니, 그것을 벌하진 않겠다."

"하지만 난 당신들을 죽이려고 했는데?"

"넌 우리처럼 지상에 마지막으로 남은 존재다. 그런

자를 죽일 수는 없지. 대신 약속하거라. 다시는 용을 사냥하지 않겠다고. 그러면 살려주겠다."

주강진은 고개를 떨구었다. 차디찬 달빛이 그의 발끝에 떨어져 있었다. 용은 주강진의 정체성을 버릴 것을 요구하고 있었다. 어찌해야 하는가. 목숨을 위해 자신의 유일한 정체성을 버릴 것인가.

용의 붉은 눈동자를 들여다보던 주강진은 문득 용과 동질감을 느꼈다. 이 세상에 마지막으로 남은 존재들만이 느낄 수 있는 동질감. 그리고 용은 자신보다 한참 작은 존재의 목숨마저, 그것도 자신을 죽이려는 자의 목숨마저 가엽게 여기고 있었다.

용이란 원래 이렇게 상서롭고 영험한 짐승이었다. 잔인하고 보잘것없는 인간보다 더 위대한 존재이다. 눈앞의 용은 주강진에게 그 직업을 버리고 새로 태어날 기회를 주고 있었다. 그는 자신의 더러운 손을 씻을 기회를 주는 용의 자비심에 눈물이 났지만, 고개를 저었다.

"그냥 죽이게."

"널 죽이고 싶지 않다. 그러니 한마디만 하거라. 다시는 용을 죽이지 않겠다고. 약속하면 널 보내주지. 다만 목숨을 빚진 대신 네가 돌아가서 해야 할 일이 있다."

주강진은 의아한 눈빛으로 고개를 들었다.

"이곳에는 원래 고대의 대악마의 주문이 봉인되어 있었다."

용에게서 긴 이야기가 시작되었다.

주강진이 술집 안으로 들어서자 술집 안이 조용해졌다. 몇 달 전에 주강진이 갑자기 사라진 후, 청원에는 그가 죽었다는 소문이 돌았다. 그리고 사람들은 어느새 그 소문을 사실로 믿고 있었다. 그런데 지금 그가 다시 청원에 나타난 것이다.

다시 돌아온 주강진은 몸도 멀쩡해 보였고 평상시의 무표정한 얼굴도 그대로였다. 하지만 그는 더 이상 활을 메고 있지 않았다. 그가 항상 지니고 다니던 거대한 살용궁이 보이지 않았다. 주강진은 활 없이 늘 앉던 구석 자리에 앉아서 홀로 술을 따라 마셨다.

잠시 후 한 남자가 술집 안으로 들어왔다. 중키의 마른 사내였다. 남자는 성큼 걸음으로 주강진에게 똑바로 걸어와 그의 앞에 앉았다. 사내도 그의 정보원 중 하나였지만, 자주 만나는 사람은 아니었다. 서로에게 필요한 정보가 달랐기 때문이다.

하지만 오늘은 주강진이 남자를 불렀다. 아무리 생각해도 이 사내 말고는 다른 사람이 떠오르지 않았다.

"나한테 중요하게 할 말이 무엇입니까?"

남자가 목소리를 낮추며 물었다.

"최근에 용을 만났소."

남자가 놀라서 되물었다.

"용은 이미 멸종하지 않았나요?"

"나도 그런 줄 알았소. 하지만 지금부터 하는 말은 모두 사실이오."

주강진은 남자에게 이야기를 시작했다.

"제국군이 광백산에서 용들이 지키던 고대의 마법 주문을 빼앗아 갔다고 하오. 용들이 헤아릴 수 없이 오랜 세월 동안 지켜 왔던 그 주문을, 제국군은 용들과 전투를 벌여 결국 대악마의 주문을 훔쳐 갔다고 합니다. 용은 광백산을 벗어나면 오래 버티지 못한다고, 나에게 제국을 막으라고 했소. 그 주문이 사악한 자의 손에 들어가면 온 세상이 크게 위험해진다고."

"그게 무슨 주문이기에?"

"세상을 집어삼킬 힘을 얻을 수 있는 마법 주문이라고 했소. 그리고 그 힘을 얻기 위해서는 천만 명의 인간의 목숨을 제물로 바쳐야 한다고 했소. 제국이 원하는 건 그 힘이니, 그들은 곧 수많은 사람들을 죽일 것이오. 아마 천만 명의 제물은 우리 조선인들이 되겠지."

이야기가 끝나자 남자는 경악하여 입을 다물지 못했다. 남자는 주강진이 알고 있는 유일한 독립군 쪽 인맥이었다. 남자의 본명은 알지 못했다. 남자는 그저 '그림자'라고 불렸다.

39. 독립군

마지막 작전을 보름 앞둔 날이었다. 암석은 약속 시간에 딱 맞춰 찻집으로 들어갔다.

찻집 안에는 사람이 거의 없었다. 상대가 일부러 조용한 분위기의 찻집을 골랐다는 것을 알 수 있었다. 암석은 슬며시 미소를 지었다.

한가운데 자리에 초조한 표정으로 앉아 있던 사람이 암석을 보고 손을 흔들었다. 그는 암석이 유일하게 개인적으로 만나는 사람이었다.

"여기."

암석은 그쪽으로 걸어가 자리에 앉았다.

"있잖아……."

"주문하시겠어요?"

종업원이 그의 말을 끊었다. 암석은 커피를 주문했다. 그동안 그는 안절부절못했다.

"오늘따라 뭔가 달라 보이네. 무슨 일이야?"

암석의 말에 그 사람은 침을 꿀꺽 삼키더니 말했다.

"널 처음 봤을 때부터 우리가 운명이라는 걸 알았어."

그러면서 그 사람은 코트 주머니에서 붉은 상자를 하나 꺼내 뚜껑을 열고는 암석에게 내밀었다.

"나랑 함께 있자. 내가 평생 행복하게 해줄게. 소현아, 나랑 결혼하자."

암석은 잠시 정신이 멍해졌다. 눈물이 나올 것만 같았다. 하지만 고개를 흔들어 슬픔을 밀어냈다.

"미안해. 난 너랑 결혼할 수 없어."

거절을 예상하지 못한 듯 그녀를 보던 이정민은 멍한 표정을 지었다.

"왜……."

"난 며칠 후에 멀리 떠나거든."

"어디…… 어디로?"

"아주 아주 멀리."

자기가 말해 놓고도 너무 성의 없는 대답이라는 생각이 들어 암석은 웃음이 나왔다. 암석은 눈가에 맺힌 눈물을 닦으며 말했다.

"미안해. 갑자기 이렇게 말을 꺼내서. 그래서 아무와도 가까워지지 않으려고 했던 건데……. 난 이곳엔 아마 다시 못 올 거야."

암석은 손을 뻗어 붉은 상자를 돌려주었다.

"참 예쁘다. 근데 난 이걸 받을 수 없어. 정말 미안해. 혹시…… 아주 나중에라도 내 소식을 들으면, 그땐 네가 날 이해할 수 있었으면 좋겠다."

이정민은 아직도 영문을 알 수 없다는 표정으로 입을 헤 벌린 채 앉아 있었다. 더 이상 앉아 있다가는 펑펑 울 것 같아서 암석은 자리에서 일어났다.

"정말 고마웠어. 영원히 못 잊을 거야. 안녕."

그러고는 암석은 찻집에서 뛰쳐나갔다.

얼마 뒤 뒤에서 뛰어오는 발소리가 들렸다. 이정민은 암석의 소매를 잡아 세웠다.

"도대체 그게 무슨 말이야. 멀리 가더라도 돌아오면

되잖아. 내가 기다릴게. 기다리면 되잖아."

그가 떨리는 목소리로 애원하듯 말했다.

"내가 꼭 해내야 하는 일이 있어. 내 목숨을 걸고서라도 반드시 해야 하는 일이야. 그 일을 끝내면…… 다시는 돌아오지 못할 거야. 그러니 나 기다리지 마."

암석은 그의 뺨을 다정하게 쓰다듬었다.

"지금까지 정말 고마웠어. 네가 행복했으면 좋겠다."

그는 잠시 황당하다는 표정을 짓고 있다가 암석의 손을 뿌리쳤다.

"대체 무슨 일인데? 말을 해줘야 납득할 거 아냐."

"미안해. 기밀이라서 말할 수가 없어. 정말 미안해."

이정민은 애써 웃으며 물었다.

"너도 날 사랑하잖아. 농담하는 거지? 좀 웃기긴 하다. 근데 이제 그만 해."

암석은 눈물을 닦고 그를 마지막으로 끌어안았다.

"지금까지 너랑 같이 있으면서 행복했어. 너도 나 덕분에 조금이라도 행복했길 바라. 그리고 나보다 더 좋은 사람 만나서……."

그는 암석의 얼굴을 뚫어지게 들여다봤다. 그의 눈동자에 충격과 두려움이 서서히 번지고 있었다.

"정말…… 이렇게 간다고? 이유도 말 안 하고?"

이정민의 목소리가 떨렸다. 암석이 진실을 말하고 있다는 것을 그는 이미 온몸으로 느끼고 있었다.

"도대체 왜……. 그럼 가지 마. 네가 뭘 하려는 건지 모르겠지만, 그거 하지 마."

"미안해. 하지만 많은 사람을 위해서 꼭 해야 하는 일이야."

"도대체 왜! 왜 네가 그런 걸 해야 하는데? 하지 마, 제발 하지 마."

그는 눈물을 줄줄 흘리면서 암석의 손을 필사적으로 잡고 흔들었다.

"그 일은 다른 사람들한테 맡기고, 우린 그냥 행복하게 살자. 네가 꼭 그걸 해야 하는 건 아니잖아. 제발 부탁이야, 가지 마."

이정민은 울면서 떨리는 목소리로 말했다. 암석 역시 그의 품에 안겨 눈물을 흘렸다. 하지만 그녀는 다시 그를 놓으며 말했다.

"정말 미안하고 고마워. 근데 이건 내 소명이야. 제발 슬퍼하지 마. 미안해."

암석은 손등으로 그의 눈물을 닦아 줬다. 이정민의 눈

물이 암석의 묵주 위에 떨어졌다. 암석은 그의 손등에 입을 맞춘 뒤 말했다.

"안녕. 부디 행복하길."

암석은 그의 손을 놓고 뒤돌아섰다. 그런 뒤 뒤돌아보지 않고 걸어갔다. 이정민이 뒤에서 그녀의 이름을 부르며 울고 있었다. 하지만 암석은 다시는 뒤돌아보지 않았다. 그저 눈물을 닦으며 계속 앞으로 걸어나갔다.

40. 도련님

다음 날 이정민이 선화 꽃집에 찾아갔을 때 윤소현은 이미 일을 그만둔 후였다. 그녀의 집에도 찾아갔지만 집은 텅 비어 있었다. 그에게 남긴 편지 한 통 없었다.

이정민은 그날부터 윤소현의 행방을 찾아 백방으로 수소문했다. 하지만 경성에 그녀를 알고 있는 사람은 얼마 없었다. 윤소현은 마치 의도적으로 친구를 만들지 않은 것만 같았다. 그리고 그녀를 알고 있는 몇 안 되는 사람들조차도 그녀가 어디로 갔는지 아는 사람은 아무도 없었다.

이정민은 절망과 허망함에 미칠 것 같았다. 청혼을 거절한 후 윤소현은 이정민의 삶에서 순식간에 완전히 사라졌다. 마치 지금까지의 행복했던 시간은 모두 꿈이었던 것처럼, 그녀는 그의 삶에 들어왔을 때처럼 예고 없이 사라져 버렸다.

이정민이 그녀의 얼굴을 다시 보게 된 것은 몇 달 후 신문을 통해서였다.

제국의 총통이 전승절 행사에서 암살된 직후, 총통을 쏜 조선인이 현장에서 체포되었다. 그리고 지금까지는 암살자의 신원이 알려지지 않았지만 암살자의 처형이 집행되면서 그녀의 신원이 공개된 것이다.

신문에는 조선인 윤소현, 이른바 '암석'이라는 암호명을 가진 그 독립군의 사진이 크게 실려 있었다. 틀림없었다. 사진 속의 여자는 이정민이 사랑했던 그 사람이었다. 어느 날 갑자기 나타나 그의 마음을 뒤흔든, 선화 꽃집에서 일하던 그 아름다운 여자. 그리고 이정민의 청혼을 거절한 뒤 다시 바람처럼 사라져 버렸던 그 여자.

신문 기사는 윤소현이 몇 달간 고문을 받으면서도 끝

까지 자신이 속한 조직의 정보를 말하지 않았으며, 결국 오늘 아침 처형되었다고 전하고 있었다. 그 무미건조한 문체가 이정민의 가슴 속을 날카로운 칼처럼 후벼 파고 들어 왔다.

이정민은 가슴이 아파서 신문을 땅에 떨어뜨렸다. 그는 손으로 가슴을 움켜쥔 채 비틀거렸다. 윤소현이 떠나기 전에 마지막으로 그에게 했던 말이 떠올랐다. 그는 힘이 풀려 땅바닥에 무릎을 꿇었다.

"왜 그런 거야…… 왜……."

그는 온몸을 떨며 울었다.

"가지 말라고 했잖아……. 제발 하지 말라고 했잖아. 돌아와 달라고 했잖아……."

영영 떠나 버린 그녀를 붙잡으려는 듯, 열 손가락으로 땅바닥을 긁어 움켜잡으며 통곡을 쏟아냈다. 한참을 땅바닥에 엎어져 울고 있는데, 손 하나가 그의 어깨를 부드럽게 감쌌다.

"정민아."

아버지였다. 아버지는 말없이 아들의 등을 토닥였다. 이정민은 몸을 일으켜 떨리는 손으로 아버지의 팔을 움켜쥐었다.

"아무것도 못하겠어요. 그 사람이 무슨 일을 하는지도 몰랐어요. 그 사람은 나라를 위해 큰일을 하고 죽었는데, 전 그 사람을 사랑한다면서…… 그 사람을 위해서 해줄 수 있는 게 아무것도 없어요, 아버지."

"그렇지 않아."

아버지가 눈물을 닦으며 말했다.

"네가 그 사람을 잊지 않으면 된단다."

"잊지 않는 것……."

이정민은 떨리는 손으로 다시 흙을 움켜잡았다.

"고작 그런 일이 그 사람에게 무슨 소용이 있겠어요……."

그는 손바닥을 펼치고 내려다보았다. 손가락 사이로 흙이 흘러내렸다.

아버지가 말했다.

"그 사람이 편안하게 저승으로 갈 수 있도록 네가 진혼굿을 해주면 어떻겠니."

"제가요?"

눈물로 범벅이 된 얼굴로 그는 입술을 떨었다.

"전 그런 거 할 줄 몰라요. 굿에 대해서는 아무것도 모른다고요."

"형식은 중요하지 않단다."

아버지는 그의 눈을 들여다보며 말했다.

"너의 진심이 중요한 거야. 네가 누군가를 기억하고 사랑하는 마음, 그 사람이 저승에서는 부디 평안하기를 진심으로 비는 마음, 그 마음이 중요한 거란다."

41. 앞잡이

삼산원은 지하 감방의 문을 열고 안으로 들어갔다. 그가 들어왔는데도 감방 안의 남자는 벽에 기댄 채 눈을 감고 앉아 있었다. 삼산원은 남자에게 다가가 속삭였다.

"이보시오, 정신 차려요."

남자가 눈을 떴다. 흐릿한 눈빛 너머에서 아직 미약한 생명이 빛나고 있었다. 삼산원은 남자를 부축해 일으켜 세웠다.

"일어나시오. 나갑시다."

남자는 순순히 삼산원이 이끄는 대로 감방을 나왔다.

두 사람이 지하실을 나올 때까지 제지하는 사람은 없

었다. 삼신원을 알아본 몇몇이 지나치며 인사를 했을 뿐이었다.

삼산원은 남자를 데리고 건물 밖으로 나왔다. 한밤중이었다. 삼산원은 미리 가져온 옷을 남자에게 입혔다.

"이걸 입으시오. 외투 안에 여비가 조금 들어 있소."

"네?"

남자가 되물었다.

"무슨 말입니까?"

"당신은 이제 자유입니다."

그는 그렇게 말하며 품속에서 서류 봉투를 하나 꺼내 남자에게 내밀었다.

"현재 제국이 준비하고 있는 대규모 군사 작전에 대한 기밀문서요. 이걸 당신네 조직에 전하시오."

남자는 봉투를 들고 어안이 벙벙한 표정으로 삼산원을 빤히 바라보았다.

"무슨 말인지 모르겠군요."

"말했잖소. 당신은 이제 자유요. 내가 몰래 풀어 주는 거니까 지금 당장 도망치시오. 그리고 이걸 꼭 조직에 전하시오. 이걸 전한다고 해서 이 작전을 막을 수 있으리라는 보장은 없지만, 그래도 대책은 세워야 할 테니까. 나도 나름대로 대책을 세워 보겠소."

"이게 뭡니까?"

"홀로 작전에 대한 문서요."

"홀로 작전?"

"삼십여 년 전에 독립운동가 윤소현이 총통을 암살한 일을 알고 있겠죠."

삼산원의 말에 남자는 여전히 당황한 표정으로 고개를 끄덕였다.

"물론 당연히 알죠. 근데 그 이야기는 갑자기 왜……."

"그때 당시 총통은 조선인을 대량 학살하려는 계획을 추진하다가 암살당했소. 총통이 죽은 후 그 작전은 무산되었지만, 지금 현재 제국의 수뇌부에서 그 작전을 다시 추진하고 있소. 그 작전의 이름이 홀로 작전이오."

"잠깐만, 지금 그게 다 무슨 말입니까?"

남자가 물었지만 삼산원은 남자의 말을 잘랐다.

"시간이 별로 없소. 제국이 연합군에 패할 위기에 처하자 이런 극단적인 일을 준비하고 있는 거요. 제국이 패망하지 않으면 천만 명의 조선인이 죽어요. 그러니 이걸 최대한 빨리 조직에 전하시오. 제국을 막아야 하오."

"도대체 왜 그걸 저한테 알려주고, 또 나를 풀어 주

는 겁니까?"

남자가 물었다.

삼산원은 남자의 눈을 가만히 응시했다. 그는 설명하고 싶었다. 선자가 제국군에게 학살당했다는 소식을 듣고 자신이 얼마나 충격을 받았는지를. 그는 선자가 오래전에 이미 제국군에게 죽은 것도 모르고 평생 선자를 생각하며 살아왔다. 그리고 자신이 선자를 죽인 자들과 전혀 다를 게 없다는 걸 깨닫고 공황 상태에 빠져들었다.

삼산원은 설명하고 싶었다. 지금까지 자신이 성공을 위해서 평생 무슨 짓을 했는지, 평생 어떠한 죄책감을 억누르며 살아왔는지, 그리고 선자의 죽음이 자신의 영혼을 어떻게 후벼 파고 뒤흔들었는지 설명하고 싶었다.

하지만 그걸 이 남자가 이해할까? 자신도 이해하기 힘든 일인데?

그의 삶과 선자의 죽음뿐만이 아니었다. 이 모든 고통, 이 모든 죽음, 그리고 앞으로 예정된 더 많은 죽음들······. 그 이유를 삼산원은 도저히 이해할 수 없었다. 덧없는 욕심 때문에 희생되었고 희생될 그 모든 죽음들이 삼산원의 심장을 억누르고 있었다.

삼산원은 숨을 들이쉬며 가까스로 입을 열었다.

"단지 더 이상의 죽음을 보고 싶지 않아서요."

삼산원은 남자를 밀었다.

"빨리 가시오. 꾸물거리면 붙잡힐지도 몰라요. 그러니 빨리 움직이시오."

남자는 여전히 당황한 표정으로 발걸음을 옮기며 그를 돌아보았다. 삼산원은 빨리 가라고 손짓을 했다.

남자가 시야에서 사라진 뒤에야 삼산원은 돌아섰다. 그는 어머니 생각을 하면서 발걸음을 옮겼다. 그리고 선자를 생각했다. 그는 선자의 심장 소리를 생각했다.

42. 마법사들

기나긴 싸움에 종지부를 찍고 마침내 마법사들은 대타협을 이루었다. 신의 힘으로 제국을 물리치고 조선의 독립만을 이루자고 모두 뜻을 맞춘 뒤 광진여 대마법서가 봉인된 태백산으로 향했다.

수백 명의 마법사들은 태백산맥의 깊은 골짜기에서 몇

번인가 길을 잃고 헤매기를 반복하면서, 여러 날이 지나서야 간신히 목적지에 도착할 수 있었다.

골짜기는 언뜻 평범해 보였다. 이곳에 신화 속의 성물이 봉인되어 있으리라고는 믿어지지 않았다.

골짜기에서 333명의 마법사들은 여러 겹의 진을 그리고 모여 앉았다. 그리고 그들은 삼천 년 만에 해독된 고대 문서의 주문을 외웠다.

마법사들이 낭랑하게 주문을 외우는 소리가 조용한 산속을 가득 울렸다. 보이지도 않고 만져지지도 않았지만, 갑자기 솟아오른 거대한 기운이 골짜기를 가득 채웠다. 그 기운에 놀라 산새들이 날아올랐다. 토끼와 노루 같은 산짐승들도 골짜기를 피해 달아났다.

주문이 아주 길었기 때문에 주문을 외는 작업이 끝났을 때는 어느새 반나절이 지나고 해가 지고 있었다. 333명의 마법사들은 모든 공력을 다 싣고 정신을 집중해 주문을 외우느라 기진맥진한 상태였다. 어떤 사람들은 실신하기 직전이었다.

하지만 그들은 조선 팔도 최고의 마법사들이었다. 반나절 동안 쉼 없이 외던 주문이 다 끝날 때까지 멈추는 사람은 아무도 없었다.

그리고 마침내, 기나긴 주문이 모두 끝나자 바위로 막혀 있던 산 한가운데가 저절로 허물어지면서 커다란 동굴의 입구가 나타났다. 수천 년 동안 강력한 마법으로 봉인되어 있던 동굴이 드디어 모습을 드러낸 것이다.

그와 동시에 수많은 마법사들이 그 자리에서 쓰러졌다. 나이 든 최운휘는 피를 토하기도 했다. 마법사들은 잠시 쉬다가 서로를 부축하며 동굴 안으로 들어갔다.

동굴은 어둡고 길게 이어지고 있었다. 마법사들은 횃불을 들고 그 깊은 동굴 안으로 걸어갔다.

동굴은 산의 중앙까지 뻗어 있는 모양이었다. 한참 동안 어둠 속을 걸어간 끝에 그들은 거대한 방에 도착했다. 사방이 하얀 벽으로 둘러싸인 그 방의 한가운데에는 커다란 궤짝이 하나 놓여 있었다.

"바로 이것이군요."

박도준이 궤짝을 만져 보며 말했다. 궤짝은 칠흑같이 검은색으로, 사람 한 명이 들어가서 누워도 될 만큼 컸다. 박도준 옆에서 임태화가 상자를 보며 말했다.

"이 궤짝은 그 어떤 물리적 공격으로도 파손되거나 손상되지 않는다고 합니다. 심지어 바닥에서 조금 움직이는 것조차 불가능하지요. 유일한 방법은 올바른 주문을 외는 것뿐."

333명의 마법사들은 다시 그 궤짝을 중심으로 여러 겹의 원을 그리며 앉았다. 하얀 방이 워낙 넓어서 333명이 충분히 앉을 수 있었다.

이제 마지막 단계였다. 마법사들은 두 번째 주문을 외기 시작했다. 다행히 두 번째 주문은 그리 길지 않았다. 한 시간쯤 지나자 주문이 모두 끝났다. 그리고 동시에 검은 궤짝이 새하얗게 변하더니 저절로 뚜껑이 열렸다. 맨 앞에 앉아 있던 박도준이 하얀 궤짝으로 다가가 안을 들여다보았다.

그 안에 있었다. 광진여 대마법서는 두루마리 형태의 책이었다. 박도준은 궤짝 안으로 손을 넣어 마법서를 꺼냈다. 은으로 된 막대에 은색 종이가 둘둘 말려 있었고, 맨 위에 달린 작은 백금 조각이 종이를 고정하고 있었다. 박도준은 백금 조각을 떼어내고 조심스럽게 두루마리를 풀었다. 은색 종이 위에는 은은하게 빛나는 검은 글자가 가득 적혀 있었다.

마법사들은 산 아래로 마법서를 가지고 내려가 일주일 내내 머리를 맞대고 마법서를 읽어 내려갔다.

"신을 창조해 소환하는 방법이 자세히 적혀 있군요."

임태화가 말했다.

"일반적인 굿을 하는 방식과 비슷하네요. 다만…… 이건 지상 최대 규모의 굿입니다."

최운휘가 임태화의 말을 받았다.

"아마 수천 년 동안 그 누구도 이런 굿을 해본 적이 없을 겁니다."

"그런데 이렇게 거대하고 강력한 굿을 누가 할 수 있단 말이오?"

박도준이 묻자 최운휘가 대답했다.

"조선 팔도에서 가장 도력이 강한 대마법사가 굿을 해야 할 겁니다. 그렇지 않으면 누구도 이런 굿을 감당할 수 없을 거요."

"잠깐만요. 누가 굿을 해야 하는지도 중요하지만, 굿에 쓰일 제물이 더 중요한 것 같은데요."

다른 마법사 한 명이 말했다.

"마법서에 따르면 이 굿을 하기 위해서는……."

모두가 서로의 얼굴을 쳐다봤다.

"……이 제물을 어찌 준비한단 말이오."

43. 원정대

 용의 온몸에 거대한 화살 여러 개가 박혀 있었다. 피투성이가 된 용이 다른 용들의 시체를 넘어 천천히 은태에게 다가왔다. 은태는 두려움에 뒷걸음쳤다.

 그때 누군가가 은태의 어깨를 잡았다.

 "비키거라."

 은태는 화들짝 놀라 뒤를 돌아보았다.

 노인이었다. 노인은 한 손에 거대한 활을 들고 있었다.

 노인은 온몸이 흙투성이인 채로 가쁘게 숨을 내쉬고 있었다. 은태는 노인의 말에 따라 재빨리 한쪽으로 물러났다.

 노인은 활에 화살을 메긴 뒤 용을 겨냥했다. 그러자 피범벅인 용의 얼굴에 분노와 슬픔이 서렸다. 은태는 용의 커다란 눈에서 눈물이 떨어지는 것을 보았다. 용은 흐느끼고 있었다.

 "주강진."

 용이 말을 하자 은태는 깜짝 놀랐다.

 "넌 분명히 나와 약속을 했다. 그런데 어째서……."

"미안하오."

노인이 용을 겨냥한 채 떨리는 목소리로 말했다.

"나는 수십 년 동안 당신과의 약속을 잊지 않았소. 하지만 이번에는 어쩔 수 없었소. 수천만 명의 목숨을 살리기 위해서는 제물로 여의주가 필요하오. 정말…… 정말 미안하오."

"우리의 목숨은 중요하지 않은가?"

용이 분노와 서러움에 잠긴 목소리로 물었다.

"인간의 목숨은 중요하고 우리의 목숨은 중요하지 않단 말인가?"

노인 역시 눈물을 흘리고 있었다. 노인의 눈에서 떨어진 눈물이 수염을 타고 내려와 떨어졌다.

"나라를 구하기 위해서, 세상을 구하기 위해서 이러는 거요. 미안하오. 부디…… 부디 날 용서해 주시오."

"아니."

용의 눈빛이 분노로 번쩍였다. 용은 여기저기 찢긴 몸을 이끌고 노인에게 다가갔다.

"절대로 용서하지 않겠다."

노인의 얼굴에서 슬픔이 스치고 지나갔다. 하지만 노인은 화살을 쏘았다.

화살이 용에게 날아갔다.

마지막 순간, 은태는 용이 울부짖는 소리에 귀가 먹먹해졌다.

44. 가족

검은 달은 바닥에 누워 신음했다. 그의 옆에는 아내와 아이들이 쓰러져 있었다.

자신의 가족을 죽인 남자들을 검은 달은 거의 남김없이 죽였다. 하지만 가장 강한 상대인 주강진의 화살만큼은 피하지 못했다. 삼십여 년 전에는 그가 주강진을 살려줬지만, 수많은 장정들과 총을 앞세우고 와 다시 용을 사냥하는 주강진을 이번에는 이기지 못했다.

용들은 억겁의 시간 동안 지상에서 가장 강력한 존재였다. 하지만 인간들이 총과 폭탄을 개발하자 상황이 역전되었다. 결국 용들은 인간들에게 대악마의 주문을 빼앗겼고, 이제 목숨마저 빼앗기고 말았다.

주강진은 아내의 입 속에 있던 여의주를 빼내 가져갔

다. 그는 차갑게 식어가는 아내와 아이들의 시체를 눈앞에 두고도 몸을 움직일 수가 없었다. 그 역시 온몸에 심각한 부상을 입어 꼼짝할 수가 없었던 것이다.

검은 달과 그의 가족은 아주 오랜 옛날부터 인간들의 일에는 관여하지 않았다. 바깥세상에서 어떤 일이 일어나고 있는지는 대충 알고 있었지만, 그는 그 일들을 신경쓰지 않았다. 그들은 그저 주어진 임무대로 대악마의 주문을 지키기만 하면 되었으니까.

하지만 그들이 지키던 주문을 제국이 강탈해 간 후, 이번에는 식민지인들이 나타나서 그의 가족을 죽였다. 검은 달은 바닥에 웅크린 채 몸이 천천히 낫는 것을 느끼면서 흐릿한 머릿속으로 어떻게 된 일인지 생각했다.

'인간들이 광진여 대마법서를 꺼낸 게로군.'

인간들이 많은 희생을 치르면서도 기어코 여의주를 가져간 이유는 분명히 광진여 대마법서에 나오는 굿을 하기 위해서일 터였다. 이 세상에 용을 바쳐야 하는 굿은 그것밖에 없었다.

제국이 대악마의 주문을 시전하려는 것을 알게 된 식민지인들이 제국을 막기 위해서 오랜 세월 봉인된 그 마법서를 꺼낸 것 같았다. 인간들은 어리석어서 광진여 대마법서는 영원히 꺼내지 못할 줄 알았는데, 놈들은 생각보다 영리했다.

검은 달은 바닥에 누워 자신의 실수를 반추했다. 주강진을 살려두지 말았어야 했다. 인간은 잔인하고 은혜를 모르는 짐승이다. 그걸 알면서도 그가 순간적으로 베풀었던 알량한 자비심이 이런 참변을 가져온 것이다. 대악마의 주문을 가져간 제국을 막으라고 주강진을 살려 보낸 자신 때문에 아내와 아이들이 죽은 것이었다.

썩어가는 아내와 아이들을 보면서 검은 달은 오랜 시간을 보냈다. 얼마나 긴 시간이 흘렀는지 자신도 알 수 없었다.

하지만 슬픔과 분노 속에서 몸은 차차 나았다. 긴 시간이 흐른 뒤에야 그는 자리에서 일어나 천천히 움직일 수 있었다.

어느 정도 움직일 수 있을 만큼 몸이 낫자 검은 달은 자신의 몸에 박혀 있던 화살들을 뽑아냈다. 그런 뒤 아내와 아이들의 시체를 땅에 묻어 주었다.

세 용을 모두 묻은 뒤 검은 달은 비탄 속에서 몸을 떨며 흐느꼈다. 용의 울부짖음이 온 산에 메아리쳤다.

검은 달은 아내와 아이들의 무덤 앞에서 복수를 다짐

했다. 그에게 식민지나 제국 같은 것은 중요하지 않았다. 오직 인간들이 그의 가족을 죽였다는 것만이 중요했다.

그는 광진여 대마법서에 어떤 내용이 적혀 있는지 알고 있었다. 용들은 인간의 지식을 초월한 지혜를 대부분 알고 있었기 때문이다.

그 굿을 할 수 있는 장소는 한반도 전체에서 한 군데밖에 없었다. 여기서 멀리 떨어진 작은 섬이었다. 물론 검은 달은 광백산을 떠나면 죽을 수밖에 없었다. 하지만 그는 신경 쓰지 않았다.

검은 달은 몸을 솟구쳐 하늘 높이 날아올랐다. 비행을 하는 것은 실로 오랜만이었다. 그는 남쪽을 향해 쏜살같이 날아갔다. 광백산을 벗어나자 몸에서 점점 힘이 빠져나갔다. 남은 시간이 별로 없었다.

'너희들이 내 모든 것을 빼앗았으니, 나도 너희의 모든 것을 빼앗아 주마.'

검은 달은 용 사냥꾼이 쏜 화살처럼 하늘을 날아갔다. 거대한 용이 빠르게 날아가자 저 아래에 있는 땅에서도 바람이 일었다.

45. 아낙

잠깐의 정적이 이어진 끝에, 한복판에 서 있던 남자가 하늘을 향해 팔을 치켜들더니 부르짖었다.

"천지신명이시여! 저 이정민과 333명의 조선의 마법사들, 그리고 한 마리의 용이 목숨을 바쳐 비나이다! 부디 이 땅의 억조창생을 구해 주소서!"

오명윤은 여러 차례 자신과 살갑게 대화를 나누던 남자의 이름을 이제야 알게 되었다. 이정민. 하지만 지금, 그녀는 터져나오는 듯한 남자의 외침에 흠칫 놀랐다. 그 소리는 피를 토하는 듯한 절규였기 때문이다.

남자가 말을 마치자 악사들이 다시 악기를 연주하기 시작했다. 몽환적이고 감미로운 음악이었다. 그와 동시에 대마법사를 둘러싼 수백 명의 마법사들이 각자 손에 쥔 종이를 들고 주문을 외웠다.

주문을 외우는 낭랑한 목소리와 음악이 공터를 가득 채운 가운데, 흰 예복 위에 초록 도포를 입은 남자는 선율에 몸을 맡기고 흐느적거리며 춤을 추기 시작했다. 그의 움직임에 따라 기다란 검은 머리카락과 흰색과 초록

옷자락들이 부드럽게 일렁거렸다.

처음에는 술에 취해 몸을 가누기 힘든 사람처럼 천천히 몸을 움직이더니, 시간이 지나면서 서서히 빨라졌다. 그와 함께 부드럽던 음악도 점차 거세졌다. 마법사들이 주문을 외우는 소리도 한층 커졌다.

대마법사 이정민은 점점 더 빠르게 춤을 췄다. 그걸 보는 오명윤의 심장도 쿵쿵 뛰었다. 이정민이 빠르게 춤을 출수록 흰색과 초록색의 긴 옷자락들과 그의 기다란 검은 머리가 바람에 휘날리는 너울처럼 격렬하게 허공에 흩날렸다.

음악 소리가 더 빨라지고 커졌다. 주문을 외는 소리도 더욱 커졌다. 이정민은 이제 미친 듯이 날뛰고 있었다. 그 모습이 마치 사람이 아니라 귀신이 춤을 추고 있는 것 같았다.

오명윤은 무서워졌다. 주변에 있던 사람들도 겁에 질려 조금씩 뒷걸음질 쳤다. 음악 소리가 더욱 커졌다. 마법사들의 주문은 이제 메아리처럼 천지를 울리고 있었다. 그리고 이정민은 춤을 추는 것인지 발광하는 것인지 모를 정도로 날뛰고 있었다.

오명윤은 음악과 이정민의 춤에 맞춰 자신의 심장도

걷잡을 수 없이 격렬하게 뛰는 것을 느꼈다. 그녀는 자기도 모르게 가쁜 숨을 내뱉었다.

이정민이 비명을 질렀다. 그는 너무나 고통스러워하고 있었다. 그리고 다음 순간, 이정민은 피를 토했다. 구경꾼들 사이에서 비명이 터져 나왔다.

하지만 이정민은 멈추지 않았다. 음악이 더 빨라졌다. 오명윤은 이제 헐떡거리고 있었다. 이정민은 허공을 향해 악을 썼다. 그는 온몸을 바쳐서 뭔가를 간절히 부르고 있었다.

도대체 뭘 부르는 것일까? 도대체 무엇을 저렇게 간절히 원하는 것일까? 오명윤은 숨이 차서 견딜 수가 없었다.

결국 이정민의 눈에서까지 피가 흘러나왔다. 그의 귀에서도 피가 줄줄 흘러내렸다. 이정민이 또다시 울컥 피를 토했다. 새빨간 피가 그의 하얀 예복과 초록색 옷을 붉게 물들였다.

어느새 그는 난도질당한 것처럼 온몸이 피범벅이었다. 하지만 그 와중에도 춤을 멈추지 않았다. 옷자락이 휘날릴 때마다 사방으로 붉은 피가 튀었다.

이정민의 입에서 고통인지 희열인지 알 수 없는 비명

이 터져 나왔다. 그는 여전히 무언가를 간절하게 부르고 있었다. 자신의 목숨을 바쳐서, 자신의 목숨을 억만 번 거듭 바쳐서라도 불러내겠다는 듯 처절하게 뭔가를 부르고 있었다.

주문을 외우던 마법사들 중 수십 명이 피를 토했다. 건장한 체격인 박도준도 결국 울컥 목구멍에서 피를 토했다. 하지만 그들은 재빨리 다시 몸을 곧추세우고 계속 주문을 외웠다.

오명윤의 옆에 있던 여자 한 명이 졸도해 쓰러졌다. 음악이 더욱 커졌다. 오명윤은 자신도 모르게 침을 흘리고 있다는 걸 깨닫고 입가를 닦았다.

이정민이 고함을 질렀다. 그가 있는 풀밭 주변은 몸에서 흘러내린 피가 흥건해 웅덩이를 이루고 있었다. 그는 피 웅덩이를 철벅거리고 날뛰며 신을 불렀다.

그 순간, 하얀 제단 위에 놓인 구슬이 찬란하게 빛나며 눈부신 빛을 내뿜었다.

그때였다.

천지가 무너지는 듯한 귀를 찢는 소리에 사람들은 모두 귀를 막았다. 오명윤도 결국 땅에 쓰러졌다. 마법사들과 악사들도 마찬가지였다. 음악과 주문을 외는 소리가 멎었다.

저 멀리 북쪽 하늘에서 거대한 무언가가 섬을 향해 날아오고 있었다. 그것이 울부짖자 천지가 찢겨나가는 것처럼 큰 소리가 울렸다.

저게 뭐지?

오명윤은 점점 다가오는 그것을 올려다보았다.

"용이다!"

구경꾼들 중 한 남자가 외쳤다.

그 순간 들판에 모여 있는 사람들을 둘러싸고 있던 강력하고 신령한 기운이 산산이 깨져 버렸다. 마취에서 풀린 것만 같았다. 오명윤은 절벽에서 떨어지는 듯한 허망함을 느꼈다.

용은 섬을 향해서 엄청난 속도로 날아오고 있었다. 마치 섬에 그대로 돌진해서 모든 것을 깨부수려는 것만 같았다.

가야금 줄이 끊어져 튕겨 나갔다. 악사들이 쓰러졌다. 마법사들도 피를 토하며 쓰러졌다. 어떤 마법사는 코와 귀에서도 피를 흘리고 있었다. 구경꾼들도 모두 땅에 주저앉았다.

땅에 쓰러진 오명윤은 흐릿한 눈을 깜빡였다. 저 멀리, 피투성이의 한 남자가 홀로 춤을 추고 있었다. 모든 사람이 쓰러져 괴로워하고 있었지만, 남자는 춤을 멈추지 않았다.

오명윤의 귀에 짐승이 울부짖는 소리가 들렸다.

"주강진! 너희 모두를 지옥으로 데려가겠다."

용의 목소리에 담긴 원한이 너무 커서 그녀는 몸서리쳤다.

"은태야, 너는 여기 가만히 있거라."

소리와 함께 그녀의 옆에 있던 누군가가 들판으로 뛰어나갔다. 꼬마와 함께 있던 백발 노인이었다. 노인은 어깨에 자기 몸보다 큰 거대한 활을 메고 있었다. 재빨리 활과 화살을 손에 든 노인은 기병들이 쓰는 창만큼 커다란 화살을 메겨 용을 겨냥했다.

그 사이 이정민은 이제 온몸이 피범벅이 되어 형체를 알아볼 수가 없었다. 그는 더 이상 인간의 모습이 아니었다. 그저 핏덩어리 하나가 허공에서 날뛰고 있을 뿐이었다.

그 핏덩어리에 용이 날아와 부딪혔다.

동시에, 구슬이 폭발하듯 밝은 빛을 내뿜었다.
그 순간 노인이 화살을 날렸다.

그리고 그 직후,
모든 것이 사라졌다.

찰나의 순간이었지만 오명윤은 분명 똑똑히 보았다.
용이 핏덩어리와 부딪힌 순간, 마법이 완성되었다.
동시에 제단 위의 구슬이 함께 증발해 버렸다.
용 역시 증발해 버렸다.
마법사 총각 역시 한 줌의 피를 흩뿌리며 증발해 버렸다.
노인의 화살은 허공을 갈랐다.

쓰러져 있던 오명윤은 자리에서 일어났다. 땅바닥에서 신음하던 다른 구경꾼들도 천천히 일어났다. 악사들과 마법사들 역시 마찬가지였다.
노인이 땅에 활을 떨어뜨렸다.
은태라는 꼬마가 노인에게 달려갔다.

그때, 먼 하늘에서 아주 커다란 폭발과 함께 강력한 바람이 불어왔다. 오명윤의 머리칼이 휘날렸다.

그 폭발은 거대한 버섯 모양의 구름을 만들더니 잠시 후 찬란한 빛을 내뿜었다. 하늘에서 수천 개의 태양이 동시에 폭발하는 것 같았다. 오명윤은 눈이 부셨지만 그것에서 눈을 뗄 수 없었다.

빛이 오명윤을 감쌌다.

저 하늘 위, 끝없는 빛 한가운데에 누군가가 하늘에 떠 있었다.

눈물이 오명윤의 뺨을 타고 흘렀다.

46. 쓰레기

한태신은 침묵 속에서 깨어났다. 자신을 감싸고 있는 고치가 답답하게 느껴져 힘껏 기지개를 폈다. 그러자 고치는 쉽게 부서졌다.

그는 알을 깨고 나오듯 고치를 벗고 밖으로 나왔다. 그에게는 다시 사지가 붙어 있었다.

한태신은 방 안에 서서 자신의 몸을 내려다보았다. 그는 온몸이 신비하게 빛나는 아름다운 모습을 하고 있었다. 방문을 열고 밖으로 나오자 감각이 활짝 열리면서 온 우주가 그에게 쏟아져 들어왔다.

그는 인간의 다섯 가지 감각이 아닌 무한한 감각을 갖고 있었다. 또한 각각의 감각으로 우주 삼라만상의 모든 것을 느낄 수 있었다. 그는 모든 생명이 느끼는 슬픔과 고통과 기쁨, 그들이 내쉬는 작은 한숨까지, 모든 것을 자신의 몸처럼 느낄 수 있었다. 그리고 그는 그 모든 것이기도 했다.

한태신은 숨을 크게 들이쉬었다. 누군가가 그를 부르고 있었다. 더없이 간절한 애원으로, 자신의 목숨을 바쳐 그를 끌어당기고 있었다. 그는 그 소리에 귀를 기울였다. 그리고 그는 비로소 자신이 누구인지, 자신이 무엇을 해야 하는지 깨달았다. 그는 자신을 애타게 부르는 그들의 부름에서 벗어날 수 없었다. 한태신은 조용히 미소를 지었다.

한태신은 어머니의 방으로 걸어가 문을 두드렸다.

"엄마."

방문을 열고 나온 어머니는 그를 보고 화들짝 놀랐다.

"태신아! 드디어 나왔구나. 괜찮은 거니?"

어머니는 그를 껴안고 울면서 정신없이 그의 온몸을 훑어보았다.

"너 뭔가 달라졌어. 이상해. 마치……."

"엄마, 그동안 정말 죄송했어요."

"응?"

"작별 인사를 하려고요."

그는 어머니의 두 손을 잡았다.

"저, 이제 그만 떠나야 해요."

어머니의 얼굴에 당황한 표정이 떠올랐다.

"뭐? 어딜 또 가려고?"

"멀리 떨어진 섬에서 사람들이 저를 부르고 있어요. 그들은 자신들이 어떻게 신을 만들었는지 잘 모르겠지만, 그들은 운명을 움직여 저를 만들어 냈어요. 마치 운명이 저를 엄마의 아들로 태어나게 한 것처럼요."

어머니는 여전히 이해가 가지 않는다는 얼굴이었다.

"도대체 그게 무슨……."

"제국은 수많은 사람을 죽여서 세계를 정복하려고 해요. 그걸 막는 게 제 의무예요. 그 일을 마친 다음에 전 다시는 돌아오지 못할 거예요."

그는 어머니를 끌어안았다.

"엄마, 그동안 저 때문에 고생 많으셨죠? 정말 죄송해요. 저 같은 못난 아들을 낳아서 고생만 하시고."

어머니는 그의 품에서 벗어났다.

"태신아, 왜 그래? 다시는 돌아오지 못한다니 그게 무슨 말이야?"

"말 그대로예요. 전 이 나라와 수많은 사람들을 구하러 가야 해요."

"왜…… 네가 왜 그런 일을 해야 해?"

어머니가 멍한 표정으로 물었다.

"제 의무니까요."

우두커니 그의 얼굴을 들여다보던 어머니의 눈에 점점 눈물이 차올랐다.

"태신아, 가지 마. 네가 무슨 나라를 구한다고 그래? 넌 엄마한테 하나밖에 없는 아들이야. 왜 그걸 네가 한다고 그래?"

"누군가는 해야 할 일이니까요."

한태신은 어머니를 안고 등을 토닥였다. 그 역시 눈물이 났다. 그는 눈물을 닦은 뒤 말했다.

"엄마, 그동안 너무 감사했어요. 앞으로 건강하시고

행복하세요."

그는 어머니를 놓고 마당으로 내려갔다.

한태신은 가볍게 숨을 들이켰다. 그러자 그의 몸이 허공으로 떠올랐다. 그는 하늘을 향해 솟구쳤다. 어머니는 눈물에 젖은 얼굴로 망연히 그를 올려다보았다.

한태신은 바람보다 빠르고 구름보다 더 높이 올라갔다. 그를 감싼 빛이 점점 강해졌다. 그는 빛이 되어 하늘을 가로질렀다.

한태신이 하늘 높은 곳에 떠오르자 저 멀리, 제국의 본토에서 출발한 수많은 전투기와 군함이 눈에 띄었다. 제국이 홀로 작전의 실행을 위해 육해공 모든 함대와 병력을 총동원하여 한반도로 향하고 있었다.

'자신들의 욕심을 위해 살인을 하고, 그 살인을 막기 위해 다시 살인을 하는 것. 그것이 지상의 한계구나.'

한태신의 고요한 마음에 한 줄기 슬픔이 스쳤다.

'저들을 막지 않으면 더 큰 살인이 이어질 것이다.'

한태신의 온몸을 감싼 빛이 주변의 모든 빛을 집어삼켰다. 그러자 갑자기 하늘이 어두워지더니 벼락이 치기 시작했다. 순식간에 천둥과 벼락이 온 하늘을 채웠다.

한태신을 둘러싸고 거대한 회오리바람이 일기 시작했다. 그의 몸을 감싼 소용돌이는 어느새 하늘에서 바다까지 이어졌다. 도시 하나가 그 안에 들어갈 수 있을 만큼 거대한 소용돌이였다. 바다에서 검은 구름까지 이어진 소용돌이는 무수한 벼락을 흩뿌렸다.

하지만 그 폭풍 한가운데 있는 한태신은 고요했다. 그는 한반도를 향해 오는, 셀 수 없이 많은 제국의 함대를 가만히 내려다보았다.

이윽고 그는 한 손을 들어 손바닥을 펼쳤다. 그러자 그의 손바닥 위로 아주 작은 빛무리 하나가 둥그렇게 떠올랐다. 그는 손을 뻗어 그 작은 빛의 공을 던졌다.

한 줄기 빛이 제국군을 향해 날아갔다. 그 순간 천지가 울리며 모든 기운이 그 빛과 합쳐졌다. 한태신을 둘러싼 거대한 소용돌이와 하늘의 검은 구름과 무수한 벼락이 빛의 공과 합쳐져 날아갔다. 마치 우주가 고함을 지르는 것 같았다.

순식간에 거대해진 빛이 함대를 향해 날아가며 여러 갈래로 뻗어나갔다. 빛은 하늘과 땅을 물들이며 돌격해오던 제국군에 정면으로 부딪쳤다.

하늘에서 날아오던 수많은 비행기들이 종잇장처럼 찢

겨나가며 순식간에 파괴되었다. 비행기 파편들이 낙엽처럼 바다 위로 떨어졌다.

바다 위를 가르던 수많은 군함들 역시 거대한 빛을 맞고 모조리 폭파되었다. 제국의 전 병력이 먼지가 되어 바다와 하늘을 물들였다. 순식간에 일어난 일이었다.

제국군 군대를 몰살시킨 한태신은 잔해로 자욱한 바다를 잠시 내려다본 뒤 하늘을 향해 고개를 돌렸다. 더 높은 하늘로 올라갈수록 그는 점점 더 강하게 빛났다. 그의 육신과 정신 모두 빛이 되어 산산이 해체되었다.

마침내 그는 완전한 빛이 되었다. 그 빛은 별들 사이를 가로질러 머나먼 우주 저편으로 사라졌다.

5부

47.
귀신 섬에서 보낸 여름 방학

"이정민은 간신히 신을 불러내서 나라를 구하는 데 성공했지. 하지만 굿을 하는 도중에 용의 습격을 받아 마법에 치명적인 문제가 발생했어. 그래서 목표는 이뤘지만, 굿을 하던 본인은 영혼과 몸이 분리되고 말았단다. 산 채로 귀신이 되고 만 거지. 그래서 그는 이승에도, 저승에도 가지 못하고 영원히 이 섬에 갇히게 되었단다."

영주 할아버지의 이야기가 끝났을 때는 어느덧 해가 지고 있었다. 서준이는 눈을 크게 뜨고 물었다.

"혹시 보리밭에 있는 귀신이 바로 그 마법사예요?"

"그래. 세상을 구한 위대한 마법사란다."

할아버지는 바다를 보며 한숨을 쉬었다.

"나는 이 이야기를 내 어머니에게 들었단다. 우리 어머니는 그 굿에 쓰일 음식을 만든 사람들 중 한 명이었는데, 그 마법사가 귀신이 되기 전에 친해져서 몇 번 얘기도 나누고 그랬대. 하지만 그때는 그 사람이 그렇게 대단한 마법사인지 모르셨다더구나. 어머니도 나중에 뭍으로 돌아온 뒤에야 다른 마법사들에게서 자초지종을 모두 들으셨지."

마치 역사가 흘러가듯. 이야기는 그렇게 전해졌다.

"그 후로 이 섬은 저주받은 데다 귀신이 나타난다는 소문까지 퍼졌어. 섬은 버려졌고, 그래서 아무도 오지 않았지. 그러다가 너희 할아버지가 와서 살기 시작한 거야."

"우리 할아버지는 왜 이 섬에 사시는 거예요?"

"그 귀신이 불쌍해서. 그리고 그 귀신이 외로울까 봐."

"귀신이 외로울까 봐요?"

"그래. 너희 할아버지 이름 알지? 은태 그 영감, 어렸을 때 원정대를 따라 이 섬에 왔었다고 하더구나. 네 할아버지는 세월이 흘렀다고 사람들이 이 모든 걸 잊어버리는 걸 참을 수가 없대. 목숨을 걸고 세상을 구한 사람들이 사람들의 기억 속에서마저 잊히는 게 가슴 아팠던 거지. 그래서 미안한 마음과 불쌍한 마음에, 나이가 들자

이 섬에 와서 귀신과 함께 살게 된 거란다."

바다 위로 노을이 지고 있었다. 어디선가 갈매기 한 마리가 조용히 울고 있었다.

영주 할아버지와 헤어져 집으로 오는 내내 서준이는 흥분한 가슴을 진정시키지 못했다. 오두막에 도착하자 할아버지가 문을 열고 나왔다.

"어디 갔었느냐? 하루 종일 안 보이더니."

"영주 할아버지한테 옛날 이야기를 들었어요."

"어떤 옛날 이야기?"

서준이는 보리밭 쪽을 가리켰다.

"그 마법사에 대한 이야기요. 그리고 다른 이야기들도. 전부 다요."

이야기를 다시 떠올리자 서준이의 눈에 눈물이 차올랐다. 할아버지는 잠시 말없이 서준이를 바라보았다.

"할아버지가 왜 이 섬에서 사시는지도 알았어요."

할아버지는 서준이 옆에 앉아 서준이의 눈물을 닦아 주었다.

"저분이 다시 사람이 되실 방법은 없나요?"

서준이가 울먹이며 물었다.

"불가능해. 이미 죽은 사람이란다. 아니, 그보다 더 심한 일을 당한 사람이지."

"저렇게 영원히 이 섬에 갇혀 있어야 하는 거예요?"

할아버지는 말없이 고개를 끄덕였다.

"너무 불쌍해요. 세상을 구했는데, 그래서 저렇게 귀신이 되어 버렸는데, 모두에게 잊히고 버림받았잖아요."

그러자 할아버지는 희미하게 쓸쓸한 미소를 지었다. 서준이가 처음 보는 할아버지의 미소였다.

"저 사람은 벌을 받은 거란다."

"무슨 벌이요?"

"세상을 구한 벌. 이 잘못된 세상이 사라지지 않게 막은 벌을 받고 있는 거란다."

그 말에 서준이는 다시 눈물이 났다. 서준이는 눈물을 닦고 뭔가를 결심한 목소리로 말했다.

"할아버지, 제가 나중에 위대한 마법사가 될게요. 그래서 저분을 꼭 다시 사람으로 돌아오게 해드릴게요."

할아버지는 가만히 서준이의 머리를 쓰다듬었다.

"그렇게 생각해 줘서 정말 고맙구나. 하지만 그런 일까지 할 필요는 없어. 저 사람을 위해 정 뭔가를 해주고 싶다면, 그저 잊지 말거라."

"뭘요?"

"세상을 구하기 위해 노력했던 사람들을 기억하는 거지. 그들이 그렇게 목숨을 바친 건, 다 너를 위해서였다는 걸. 그들은 얼굴도 보지 못한 너를 위해 이 나라를 지켰던 거야. 그러니 우리가 그들을 위해 진정 해야 할 일은, 그들을 계속 기억하는 것이란다."

엄마 아빠는 방학이 끝날 무렵 다시 섬으로 돌아왔다. 엄마 아빠가 아무 말도 하지 않아서 서준이도 부모님에게 정말 이혼할 거냐고 묻지 않았다.

서준이는 짐을 다 챙긴 뒤 할아버지와 작별 인사를 했다. 헤어지기 전 할아버지는 말없이 서준이를 꼭 안아 주었다.

엄마랑 아빠를 따라 해변으로 내려가자, 노을이 지는 바다 위에 작은 배 한 척이 묶여 있었다. 떠나기 전에 마지막으로 귀신에게도 따로 인사를 하고 싶었지만 그럴 기회가 없었다. 귀신에게 인사하러 갔다 오겠다고 부모님에게 말할 수도 없었다.

서준이는 부모님과 함께 배에 올랐다. 배는 해변을 떠나 바람을 타고 바다로 나아갔다. 바다 위로 붉은 노을이

졌다. 작은 배가 부드럽게 파도 위에서 흔들렸다.

서준이는 배 위에서 다시 섬을 바라보았다. 섬이 시야에서 사라지기 전에 마지막으로 섬을 두 눈에 담아 두고 싶었다.

그런데, 어두운 숲속 나무들 사이에 귀신이 서서 서준이를 보고 있었다. 서준이를 배웅하러 나온 것 같았다. 귀신은 보리밭에서 처음 만났을 때와 똑같은 모습이었다. 하얀 소복을 입은 큰 키에 무릎까지 내려오는 머리카락.

귀신을 보자 서준이는 다시 눈물이 났다. 서준이는 울먹이며 손을 흔들었다.

"안녕."

그러자 귀신도 창백한 손을 천천히 흔들었다. 서준이는 귀신의 순한 목소리가 바람에 실려 온 것 같다고 느꼈다.

안녕.